中华经典指掌文库

白居易诗选

谢思炜 选注

中华书局

图书在版编目(CIP)数据

白居易诗选/谢思炜选注. —北京:中华书局,2018.4
(2021.6 重印)
(中华经典指掌文库)
ISBN 978 – 7 – 101 – 13135 – 2

Ⅰ.白… Ⅱ.谢… Ⅲ.唐诗－注释 Ⅳ.I222.742

中国版本图书馆 CIP 数据核字(2018)第 057401 号

书　　　名	白居易诗选	
选 注 者	谢思炜	
丛 书 名	中华经典指掌文库	
责任编辑	王守青	
出版发行	中华书局	
	(北京市丰台区太平桥西里 38 号　100073)	
	http://www.zhbc.com.cn	
	E – mail:zhbc@zhbc.com.cn	
印　　　刷	北京瑞古冠中印刷厂	
版　　　次	2018 年 4 月北京第 1 版	
	2021 年 6 月北京第 3 次印刷	
规　　　格	开本/720×900 毫米　1/32	
	印张 8¼　字数 100 千字	
印　　　数	12001 – 18000 册	
国际书号	ISBN 978 – 7 – 101 – 13135 – 2	
定　　　价	16.00 元	

"中华经典指掌文库"
出版说明

中华文化源远流长，为中华民族生生不息、发展壮大提供了丰厚滋养，也留下了优秀传统文化的经典宝库。在这座宝库中，既有"二十四史"、诸子百家这些厚重而深邃的经典，又有唐诗宋词、四大名著这样优秀的文学经典，更有一大批涵括人生智慧、社会经验等内容的经典作品。经典的价值不仅在于它是一份记录，更在于它和当今人们的生活密切相关，可以提供有益的借鉴和指导。

现代生活节奏的加快，工作压力的加大，现代电子设备的出现，使得很多人越来越依赖手机、电子阅读器，碎片式、被动式、不加思考式阅读倾向越来越严重。中华书局肩负弘扬优秀传统文化的历史使命，有责任有义务呼吁民众重视经典阅读，回归纸质阅读，从而感悟经典的魅力，更有责任提供有针对性的服务，使阅读成为可能。为此，中华书局推出"中华经典指掌文库"。

本文库定位为传统文化经典的普及本，精选书目，针对不同性质的经典，约请专家通过注释、翻译、点评等方法，引领大家阅读这些经典。除收录最有代表性的思想、文学、历史经典外，本文库还选入大量可读性强、有现实指导意义的生活、智慧类经典，可供广大读者茶余饭后、舟车之间，展卷一读，或如醍醐灌顶，或受当头棒喝，或解颐欢笑，或喟然心动，觉出读书的好处和乐处。

"指掌"二字，出自《论语·八佾》。孔子用手指着手掌，说明事情清楚容易。本文库取名"指掌"，其寓意：一是本书之目的，希望给广大读者提供浅显易读的文本；二是本书之形制，即一指可翻的书，一掌可握的书。因此，本文库的最大特点是方便实用，充分考虑当代读者的实际需求。合适的开本确保携带的方便，合适的分量确保阅读的轻松。

出版本文库，是我局针对社会变化所做的一次尝试，恳切希望社会有识之士提出宝贵的批评和建议，也热忱希望广大读者能够喜欢，和我们一起分享经典的魅力和阅读的快乐。

中华书局编辑部

2014 年 12 月

前　言

　　白居易（772－846），字乐天，晚年号香山居士。因曾官太子少傅，世称"白傅"。谥号"文"，又称白文公。白居易是唐代著名诗人、文学家，并且是一位产生了世界影响的伟大诗人。

　　白诗在创作当时，便得到广泛流传，"二十年间，禁省观寺、邮候墙壁之上无不书，王公妾妇、牛童马走之口无不道。至于缮写模勒、炫卖于市井，或持之以交酒茗者，处处皆是……自篇章以来，未有如是流传之广者"（元稹《白氏长庆集序》），还流传到日本、新罗等国。在敦煌发现的白诗《新乐府》抄本（P.5542），便是当时的一种民间流传本。

　　白诗的影响在唐代便包含两方面，一方面他的感伤诗、杂律诗等，为人所爱，元、白唱和诗为后进竞相仿效，号为"元和体"；另一方面，他与元稹以及张籍、李绅等人的乐府讽谕诗创作，在元和初期曾一度达到高潮，其后虽未能继续，但对中晚唐诗坛仍产生了持久影响。李商隐在大和以后的政治讽谕诗，唐末皮日休、聂夷中、杜荀鹤等诗人反映社会动乱的乐府诗，便是它的反响。五代时期曾有多人模仿"新乐府"，创作《拟白氏讽谏》（见钱易《南部新书》）。唐末张为作《诗人主客图》，以白居易为"广大教化主"。宋初出现了专门模仿白诗的"香山体"诗人，著名诗人王禹偁曾自称"本与乐天为后进"（《前赋春居杂兴诗》）。在北宋中期以前，白居易的影响曾超过杜甫。白居易对后代的长期影响也包含两方面，一方面他的讽谕诗论和实践在文人诗作中成为一种传统，几乎所有重要诗人都有这方面的创作；另一方面，他的闲适诗也深为士大夫文人所喜爱。苏轼因仰慕白居易的为人，而自号东坡，诗歌创作深受其影响。在陆游诗作中占有很大数量的闲适诗，也明显受到白居易的影响。明代袁宗道自名其斋为"白苏斋斋"，以白居易、苏轼为其精神榜样。尽管白居易对宋诗面貌的形成具有重要影响，但宋人论诗文崇雅黜俗，提倡温柔敦厚、含蓄的审美标准，对白诗的浅切风格普遍不满。明代前后七子鼓吹"诗必盛唐"，对白诗也不屑一顾。清代诗学风气有所变化，查慎行、赵翼、翁方纲等人都十分推崇白诗。

　　白居易还是一位具有世界影响的古代诗人，对日本文学的影响尤为重大。白居易作品在日本平安时期传入后，为皇室贵族所珍爱，习读和仿作白诗蔚为风气。著名的长篇小说《源氏物语》，在创作构思上也受到白居易作品的影响。在镰仓、室町时代，白居易诗文中有关治政的内容又受到武士阶层的重视。白居易对日本文学的影响一直持续到近代。

　　这本白居易诗选，共选入白居易的各体诗歌作品（包含词作）二百馀首，按作品创作年代编排。其中《白氏文集》前集中编入讽谕、闲适、感伤诗的作品，也在题解中说明。原文主要依据宋绍兴刻本、日本那波道圆本，同时参照金泽文库本等日本古抄本进行了校勘。本书的注释参考了前人的研究成果，对作品涉及的唐代历史事件、人物活动、制度习俗、社会思想以及经史成语、典故等均加以说明，注释力求清楚、简明，希望能对读者阅读白诗有所裨益。书中的疏失不当之处，敬请读者批评指正。

谢思炜

目　录

江南送北客因凭寄徐州兄弟书

此诗作者原注："时年十五。"为编辑诗集时追记，时间有误。白氏家族原居河南荥阳。建中三、四年（782，783）两河兵乱，居易父白季庚其后调任徐州别驾，白家为避乱迁居徐州符离（今安徽宿州）。贞元四年（788），白季庚调任衢州（今属浙江）别驾，携家赴职。白氏家族仍有其他成员居于符离，故居易在江南托人寄书于徐州兄弟。诗作于此时，居易时年十七。诗中表达了对家乡亲人的思念之情。

故园望断欲何如[①]？楚水吴山万里馀[②]。
今日因君访兄弟，数行乡泪一封书。

①望断：望极，望尽。
②楚水吴山：项羽建国西楚，都彭城（即徐州）。春秋时吴国都于吴（今江苏苏州）。楚水吴山，泛指以上地区。

赋得古原草送别

五代王定保《唐摭言》载：白居易应举初至长安，以诗谒顾况。顾谑之曰："长安百物贵，居大不

易。"及读至此诗"野火烧不尽，春风吹又生"，叹
曰："有句如此，居天下有甚难？"此为传说，与
居易、顾况两人经历不合。但顾况贞元五年（789）
贬官饶州，取道衢州。当时居易正在衢州，有可能
拜见顾况。传说有可能由此生发。时居易年十八。

赋得：唐代科举试诗以限定成语为题，按例加"赋
得"二字。居易此诗为习作，亦仿照其例。

> 离离原上草①，一岁一枯荣。
> 野火烧不尽，春风吹又生。
> 远芳侵古道，晴翠接荒城。
> 又送王孙去，萋萋满别情②。

① 离离：草木茂盛貌。《诗经·王风·黍离》："彼黍
离离，彼稷之苗。"

② 这两句的句意本于《楚辞·招隐士》："王孙游兮
不归，春草生兮萋萋。"王孙，代指远游之人。

自河南经乱关内阻饥兄弟离散各在
一处因望月有感聊书所怀寄上浮梁
大兄於潜七兄乌江十五兄
兼示符离及下邽弟妹

此诗约作于贞元十五年（799）。德宗建中三年

（782）十月，李希烈在河南叛唐，与朱滔、田悦、王武俊相勾结，次年攻陷汝州。建中四年（783）十月，泾原兵途经长安，倒戈谋叛，拥朱泚为帝，德宗出逃奉天。此后，居易随家庭多次迁徙，屡经战乱灾荒，感伤于家族兄弟分散，作此诗寄意。关内：函谷关以西，今陕西关中地区。阻饥：艰难饥荒。《尚书·舜典》："黎民阻饥。"浮梁大兄：居易同父异母兄白幼文，行大。官浮梁（今属江西）主簿。於潜七兄：居易从兄，名不详。官於潜（今属浙江）尉。乌江十五兄：居易从兄白逸。官乌江（今安徽和县北）主簿。符离：今安徽宿州，唐属徐州。下邽（guī）：今陕西渭南。居易曾祖白温移籍关内下邽，后人居此。

　　时难年饥世业空，弟兄羁旅各西东[1]。
　　田园寥落干戈后，骨肉流离道路中。
　　吊影分为千里雁[2]，辞根散作九秋蓬[3]。
　　共看明月应垂泪，一夜乡心五处同。

①羁（jī）旅：作客他乡。
②吊影：李密《陈情表》："茕茕孑立，形影相吊。"身与影相互安慰，形容孤独。吊，慰问
③九秋：秋平九十日，称九秋。

长安早春旅怀

　　贞元十六年（800），白居易在长安应进士举，诗作于此年春。作者在《与元九书》中说："初应进士时，中朝无缌麻之亲，达官无半面之旧，策蹇步于利足之途，张空拳于战文之场。"可见诗人的孤独之状。此诗为仄韵律诗。

> 轩车歌吹喧都邑[①]，中有一人向隅立[②]。
> 夜深明月卷帘愁，日暮青山望乡泣。
> 风吹新绿草牙拆[③]，雨洒轻黄柳条湿。
> 此生知负少年春，不展愁眉欲三十[④]。

①轩车：轩为古代大夫以上乘坐的车。《左传·闵公二年》："卫懿公好鹤，鹤有乘轩者。"歌吹（旧读去声）：歌声乐声。鲍照《芜城赋》："廛闬扑地，歌吹沸天。"

②向隅：对着墙角。形容孤独失意。《说苑·贵德》："今有满堂饮酒者，有一人独索然向隅而泣，则一堂之人皆不乐矣。"

③拆：同坼（chè），草木发芽。

④欲：将，将要。居易此年二十九岁。

寄湘灵

　　此诗作于贞元年间。湘灵是作者早年的恋人，这段恋情发生的具体时间、地点不详，但给诗人留下了永久的回忆。此诗作于与恋人暂别之时。

　　泪眼凌寒冻不流[1]，每经高处即回头。
　　遥知别后西楼上，应凭栏干独自愁。

[1]凌寒：形容寒气逼人。凌，同"棱"。

邯郸冬至夜思家

　　此诗作于贞元年间。作者孤身旅行在外，想像家人对自己的思念，情感表达十分真挚。

　　邯郸驿里逢冬至[1]，抱膝灯前影伴身。
　　想得家中夜深坐，还应说着远行人。

[1]邯郸：今河北邯郸。

长相思

　　此诗用代言体形式描写女主人公对情人的思

念，内容可能与作者早年的恋爱经历有关。编入感
伤诗。长相思为乐府古题，属《杂曲歌辞》。

> 九月西风兴，月冷霜华凝。
> 思君秋夜长，一夜魂九升[1]。
> 二月东风来，草坼花心开。
> 思君春日迟[2]，一日肠九回[3]。
> 妾住洛桥北[4]，君住洛桥南。
> 十五即相识，今年二十三。
> 有如女萝草[5]，生在松之侧。
> 蔓短枝苦高，萦回上不得。
> 人言人有愿，愿至天必成。
> 愿作远方兽，步步比肩行[6]。
> 愿作深山木，枝枝连理生[7]。

① 魂九升：形容思绪纷扰。潘岳《寡妇赋》："意忽
  恍以迁越兮，神一夕而九升。"
② 春日迟：《诗经·豳风·七月》："春日迟迟，采蘩
  祁祁。"迟迟，舒缓之意。
③ 肠九回：形容心情烦乱。司马迁《报任安书》：
  "是以肠一日而九回，居则忽忽若有所亡，出则不
  知所如往。"
④ 洛桥：洛中桥。在洛阳城内洛水上。崔颢《相逢
  行》："妾年初二八，家住洛桥头。"

⑤女萝：即松萝，地衣类植物。《诗·小雅·颊弁》："茑与女萝，施于松柏。未见君子，忧心弈弈。"《古诗十九首》："冉冉孤生竹，结根泰山阿。与君为新婚，兔丝附女萝。"均以女萝依附比喻女子托身男子。

⑥远方兽：《尔雅·释地》："西方有比肩兽焉，与邛邛岠虚比，为邛邛岠虚啮甘草，即有难，邛邛岠虚负而走，其名谓之蹶。"

⑦连理生：《古诗为焦仲卿妻作》写焦仲卿与刘兰芝双双殉情："两家求合葬，合葬华山傍。东西植松柏，左右种梧桐。枝枝相覆盖，叶叶相交通。"《搜神记》及敦煌本《韩朋赋》记韩凭（朋）妻为宋康王所夺，夫妻双双自杀，葬后，"宿夕之间，便有大梓木生于二冢之端，旬日而大盈抱，屈体相就，根交于下，枝错于上。又有鸳鸯，雌雄各一，恒栖树上，晨夕不去，交颈悲鸣，音声感人"。白诗所言即据此类民间传说。

生别离

此诗描写的是情人之间的生离死别，有"未年三十生白发"之句，显然是诗人自谓。居易与恋人湘灵最终未能结合，诗中所写的就是最后的悲剧结局。编入感伤诗。生别离：《楚辞·九歌·少司命》：

"悲莫悲兮生别离。"《古诗十九首》:"行行重行行,
与君生别离。"后人拟为《古别离》,梁简文帝萧纲
有《生别离》,唐李白有《远别离》,属乐府《杂曲
歌辞》。

　　食蘗不易食梅难①,蘗能苦兮梅能酸。
　　未如生别之为难,苦在心兮酸在肝②。
　　晨鸡再鸣残月没,征马连嘶行人出。
　　回看骨肉哭一声,梅酸蘗苦甘如蜜③。
　　黄河水白黄云秋,行人河边相对愁。
　　天寒野旷何处宿?棠梨叶战风飕飕。
　　生离别,生离别,忧从中来无断绝④。
　　忧极心劳血气衰,未年三十生白发。

①蘗(bò):黄蘗,皮与根入药,味苦。梅:味酸,
　古人用以调味。
②苦在心兮酸在肝:古人以五味属人之五脏,说法
　各异。《云笈七签》卷五七《服气精义论·慎忌论
　第六》:"味所入:苦入心,辛入肺,酸入肝,甘
　入脾,咸入肾。"
③《诗经·邶风·谷风》:"谁谓荼苦,其甘如荠。"
　白诗句意相同。
④曹操《短歌行》:"忧从中来,不可断绝。"白诗袭
　用。中:内心。

潜别离

　　此诗与前两诗内容相关，"潜别离"表现相思别离之情不能公开的痛苦。编入感伤诗。潜别离：凡"别离"之题均从乐府《古别离》衍生而来。

　　不得哭，潜别离。
　　不得语，暗相思。
　　两心之外无人知。
　　深笼夜锁独栖鸟，利剑春断连理枝[①]。
　　河水虽浊有清日[②]，乌头虽黑有白时[③]。
　　唯有潜离与暗别，彼此甘心无后期[④]。

①深笼夜锁独栖鸟，利剑春断连理枝：二句暗示两人的别离是由外人强行拆散的。连理枝，见《长相思》注[⑦]。

②河：黄河。《左传·襄公八年》："《周诗》有之曰：俟河之清，人寿几何？"《拾遗记》卷一："黄河千年一清。"

③乌头虽黑有白时：《史记·刺客列传》索隐引《燕丹子》："求归，秦王曰：'乌头白，马生角，乃许耳。'丹乃仰天叹，乌头即白，马亦生角。"

④甘心：死心，无法可想。

下邽庄南桃花

此诗为贞元二十年（804）移家下邽时作。时作者任秘书省校书郎。白居易宅在下邽县东紫兰村。

村南无限桃花发，唯我多情独自来。
日暮风吹红满地，无人解惜为谁开①？

①解：懂得，了解。惜：爱惜。

长恨歌

唐宪宗元和元年（806）冬，白居易任盩厔（今陕西周至）县尉，与友人陈鸿、王质夫同游盩厔城南仙游寺，谈及唐玄宗李隆基与杨贵妃（乳名玉环，号太真）的故事，相与感叹。应朋友之邀，白居易作《长恨歌》，陈鸿作《长恨歌传》，叙写李、杨二人的爱情故事。此诗前半叙杨贵妃入宫专宠、马嵬赐死，基本依据史实；后半描写明皇相思并遣道士上天入地寻找贵妃魂魄、贵妃钗钿寄词，并补叙长生殿私誓情节，则吸取民间传说，讴歌了李、杨生死不渝的爱情。

汉皇重色思倾国①，御宇多年求不得。
杨家有女初长成，养在深闺人未识②。
天生丽质难自弃，一朝选在君王侧。
回眸一笑百媚生③，六宫粉黛无颜色④。
春寒赐浴华清池⑤，温泉水滑洗凝脂⑥。
侍儿扶起娇无力，始是新承恩泽时。
云鬓花颜金步摇⑦，芙蓉帐暖度春宵⑧。
春宵苦短日高起，从此君王不早朝。
承欢侍宴无闲暇，春从春游夜专夜。
后宫佳丽三千人⑨，三千宠爱在一身。
金屋妆成娇侍夜⑩，玉楼宴罢醉和春。
姊妹弟兄皆列土⑪，可怜光彩生门户。
遂令天下父母心，不重生男重生女。
骊宫高处入青云⑫，仙乐风飘处处闻。
缓歌慢舞凝丝竹，尽日君王看不足。
渔阳鼙鼓动地来⑬，惊破霓裳羽衣曲⑭。
九重城阙烟尘生⑮，千乘万骑西南行。
翠华摇摇行复止⑯，西出都门百馀里。
六军不发无奈何⑰，宛转娥眉马前死⑱。
花钿委地无人收⑲，翠翘金雀玉搔头⑳。
君王掩面救不得，回看血泪相和流。
黄埃散漫风萧索，云栈萦纡登剑阁㉑。
峨嵋山下少人行㉒，旌旗无光日色薄。
蜀江水碧蜀山青，圣主朝朝暮暮情。

行宫见月伤心色，夜雨闻铃肠断声㉓。
天旋日转回龙驭，到此踌躇不能去㉔。
马嵬坡下泥土中，不见玉颜空死处。
君臣相顾尽沾衣，东望都门信马归。
归来池苑皆依旧，太液芙蓉未央柳㉕。
芙蓉如面柳如眉，对此如何不泪垂？
春风桃李花开夜，秋雨梧桐叶落时。
西宫南苑多秋草㉖，落叶满阶红不扫。
梨园弟子白发新㉗，椒房阿监青娥老㉘。
夕殿萤飞思悄然，孤灯挑尽未成眠㉙。
迟迟钟鼓初长夜，耿耿星河欲曙天。
鸳鸯瓦冷霜华重㉚，翡翠衾寒谁与共㉛？
悠悠生死别经年，魂魄不曾来入梦。
临邛道士鸿都客㉜，能以精诚致魂魄。
为感君王辗转思，遂教方士殷勤觅。
排空驭气奔如电，升天入地求之遍。
上穷碧落下黄泉㉝，两处茫茫皆不见。
忽闻海上有仙山㉞，山在虚无缥缈间。
楼阁玲珑五云起，其中绰约多仙子㉟。
中有一人字太真，雪肤花貌参差是㊱。
金阙西厢叩玉扃㊲，转教小玉报双成㊳。
闻道汉家天子使，九华帐里梦魂惊㊴。
揽衣推枕起徘徊，珠箔银屏迤逦开㊵。
云鬓半偏新睡觉，花冠不整下堂来。

风吹仙袂飘飖举，犹似霓裳羽衣舞。
玉容寂寞泪阑干⑪，梨花一枝春带雨。
含情凝睇谢君王⑫，一别音容两眇茫。
昭阳殿里恩爱绝⑬，蓬莱宫中日月长⑭。
回头下望人寰处⑮，不见长安见尘雾。
唯将旧物表深情，钿合金钗寄将去⑯。
钗留一股合一扇，钗擘黄金合分钿⑰。
但令心似金钿坚，天上人间会相见。
临别殷勤重寄词，词中有誓两心知。
七月七日长生殿⑱，夜半无人私语时。
在天愿作比翼鸟⑲，在地愿为连理枝⑳。
天长地久有时尽，此恨绵绵无绝期。

①汉皇：汉帝，代指唐明皇（玄宗）。倾国：《汉
书·外戚传》载：汉武帝李夫人，本以倡进。夫
人兄李延年性知音，为武帝歌："北方有佳人，绝
世而独立。一顾倾人城，再顾倾人国。宁不知倾
城与倾国，佳人难再得。"武帝叹息曰："善。世
岂有此人乎？"平阳公主因言延年有女弟，上乃
召见之，由是得幸。

②杨贵妃父名玄琰，蜀州司户参军。妃幼孤，养
于叔父家。始为玄宗子寿王瑁妃。开元二十五
（737）年，武惠妃薨。有人言妃姿质人挺，遂召
纳禁中。令其自求为女道士，号太真。更为寿王

聘韦诏训女，而太真得幸。

③回眸（móu）：回首顾盼。眸，眼珠。

④六宫：《周礼·天官·内宰》："以阴礼教六宫。"
统指皇后嫔妃。粉黛：女子敷面用粉，画眉用黛。
代指女子。

⑤华清池：骊山华清宫温泉。初名温泉宫，天宝六
载（747），改名华清宫。玄宗每年十月至骊山避
寒。

⑥凝脂：《诗经·卫风·硕人》："肤如凝脂。"形容
女子肌肤润泽。

⑦云鬓（bìn）：《木兰诗》："当窗理云鬓，对镜贴花
黄。"形容女子鬓发盛美如云。步摇：女子头饰。
以黄金为山题，上有垂珠，行步则摇。

⑧芙蓉帐：形容帐之精美。萧纲《戏作谢惠连体
十三韵》："珠绳翡翠帷，绮幕芙蓉帐。"

⑨《后汉书·皇后纪》："自武元之后，世增淫费，乃
至掖庭三千。"言后宫女子之多。据《旧唐书·宦
官传》等记载，开元、天宝年间，"长安大内、大
明、兴庆三宫，皇子十宅院，皇孙百孙院，东都
大内、上阳两宫，大率宫女四万人"。

⑩金屋：《汉武故事》载：汉武帝幼时为胶东王，曾
言："若得阿娇作妇，当作金屋贮之也。"

⑪列土：分封土地。据《旧唐书·后妃传》等记载，
杨贵妃有姊三人，玄宗并封国夫人之号。长曰大

姨，封韩国夫人。三姨，封虢国夫人。八姨，封秦国夫人。妃父玄琰，累赠太尉、齐国公。母封凉国夫人。叔玄珪，为光禄卿。再从兄铦，为鸿胪卿。锜，为侍御史，尚武惠妃女太华公主。从祖兄国忠，为右丞相。

⑫骊（lí）宫：骊山华清宫。骊山在今陕西临潼。

⑬渔阳：蓟州渔阳郡，在今天津蓟县。《旧唐书·玄宗纪》：天宝十四载（755）十一月，"范阳节度使安禄山率蕃、汉之兵十馀万，自幽州南向诣阙，以诛杨国忠为名，先杀太原尹杨光翙于博陵郡。壬申，闻于行在所"。天宝初，以渔阳郡属范阳节度使。白诗以渔阳通言范阳。鼙（pí）鼓：骑鼓。

⑭霓裳羽衣曲：唐舞曲，属法曲部，河西节度使杨敬述所献，经唐玄宗改编。

⑮九重城阙：皇宫。《楚辞·九辩》："君之门以九重。"

⑯翠华：指天子仪仗。司马相如《上林赋》："建翠华之旗，树灵鼍之鼓。"

⑰六军：指天子军队。《周礼·夏官·司马》："王六军。"据新、旧唐书《玄宗纪》，《资治通鉴》等记载：天宝十五载（756）六月，哥舒翰至潼关，为其帐下火拔归仁执之降安禄山，潼关不守，京师大骇，玄宗谋幸蜀，乃下诏亲征，仕下后，士庶恐骇。乙未日凌晨，玄宗自延秋门出

逃，扈从唯宰相杨国忠、韦见素，内侍高力士及太子、亲王、妃主，皇孙已下多从之不及。丙辰日，次马嵬驿（在兴平市北，今属陕西），诸军不进。龙武大将军陈玄礼奏："逆胡指阙，以诛国忠为名，然中外群情，不无嫌怨。今国步艰阻，乘舆震荡，陛下宜徇群情，为社稷大计，国忠之徒，可置之于法。"会吐蕃使遮国忠告诉于驿门，众呼曰："杨国忠连蕃人谋逆！"兵士围驿四合，及诛杨国忠、魏方进一族，兵犹未解。玄宗令高力士诘之，回奏曰："诸将既诛国忠，以贵妃在宫，人情恐惧。"玄宗即命力士赐贵妃自尽。

⑱娥眉：同"蛾眉"，指美女。《诗经·卫风·硕人》："螓首蛾眉。"

⑲花钿（diàn）：即花钗，饰以宝钿，施于两鬓，内外命妇服之。

⑳翠翘：首饰，形如翡翠鸟尾。金雀：金雀钗，钗形似凤（古称朱雀）。玉搔头：玉簪。《西京杂记》卷二："武帝过李夫人，就取玉簪搔头。自此后宫人搔头皆用玉。"

㉑云栈：栈道，入蜀所经。"云"言其高险。萦纡：盘旋纡回。剑阁：剑阁道，在剑州大剑山（今四川剑阁境内），凿石为飞梁阁道。

㉒峨嵋山：在今四川峨嵋县境。玄宗入蜀不经峨嵋

山，白诗泛言蜀地名胜。

㉓夜雨闻铃：《乐府杂录》："《雨淋铃》者，因唐明皇驾回至骆谷，闻雨淋銮铃，因令张野狐撰为曲名。"

㉔据《旧唐书·后妃传》载：玄宗自蜀还，令中使祭奠杨贵妃，密令改葬于他所。"初瘗时，以紫褥裹之，肌肤已坏，而香囊仍在，内官以献，上皇视之凄惋，乃令图其形于别殿，朝夕视之。"

㉕太液：太液池，汉宫池，唐沿其称，在大明宫内。未央：未央宫，汉宫。唐因其旧址复增修。

㉖西宫：太极宫，又称西内。南苑：兴庆宫，又称南内，在皇城东南长安外郭城兴庆坊。据《资治通鉴》等记载：上皇（玄宗）爱兴庆宫，自蜀归即居之。宦官李辅国虽暴贵用事，上皇左右皆轻之。辅国意恨，言于肃宗曰："上皇居兴庆宫，日与外人交通，陈玄礼、高力士谋不利于陛下。"矫称上语，迎上皇迁居西内。所留侍卫兵才尪老数十人，陈玄礼、高力士及旧宫人皆不得留左右。

㉗梨园弟子：据《新唐书·礼乐志》：玄宗既知音律，又酷爱法曲，选坐部伎子弟三百教于梨园，声有误者，必觉而正之，号皇帝梨园弟子。宫女数百，亦为梨园弟子。

㉘椒房：皇后所居，以椒涂壁，取其温暖，且可避邪。阿监：宫中女官。据《新唐书·百官志》，内

官宫正有阿监、副监，视七品。

㉙宋邵博《邵氏闻见后录》卷十九称："宁有兴庆宫中，夜不烧蜡油，明皇自挑尽者乎？书生之见可笑耳。"王楙《野客丛书》卷五二谓："诗人讽咏，自有主意，观者不可泥其区区之词……二词正所以状宫中向夜萧索之意，非以形容盛丽之为。固虽天上非人间比，使言高烧画烛，贵则贵矣，岂复有长恨等意邪？观者味其情旨斯可矣。"

㉚鸳鸯瓦：《三国志·魏书·方技传》载：文帝梦殿屋两瓦堕地，化为双鸳鸯。房瓦一俯一仰相合，称阴阳瓦，亦称鸳鸯瓦。

㉛翡翠衾：《楚辞·招魂》："翡翠珠被，烂齐光些。"言其珍贵。

㉜临邛（qióng）：剑南道邛州临邛县（今四川邛崃）。鸿都：东汉鸿都门。《后汉书·灵帝纪》：光和元年二月，"始置鸿都门学生"。唐人用以指长安。此言道士客游长安。

㉝碧落：道家称东方第一天始青天为碧落。黄泉：地下。《庄子·田子方》："夫至人者，上窥青天，下潜黄泉。"

㉞海上有仙山：《史记·封禅书》："自威、宣、燕昭使人入海求蓬莱、方丈、瀛洲，此三神山者，其传在勃海中。"

㉟绰约：娇美。《庄子·逍遥游》："藐姑射之山，有

神人居焉，肌肤若冰雪，绰约如处子。"

㊱参差：大约，大概。

㊲金阙：《太平御览》卷六六〇引《大洞玉经》："上
　　清宫门中有两阙，左金阙，右玉阙。"西厢：《尔
　　雅·释宫》："室有东西厢曰庙。"西厢在右。玉扃
　　(jiōng)：玉门。即玉阙之变文。

㊳小玉：《太平御览》卷五七三引《搜神记》："吴王
　　夫差小女名玉。"小玉即"小女玉"之讹变。双
　　成：仙女。《汉武帝内传》："王母乃命侍女王子登
　　弹八琅之璈，又命侍女董双成吹云龢之笙。"

㊴九华帐：言帐之精美。《宋书·后妃传》："自汉氏
　　昭阳之轮奂，魏室九华之照耀。"

㊵珠箔：珠帘。迤逦(lǐ yǐ)：连延。

㊶阑干：纵横，泪流貌。

㊷凝睇(dì)：出神凝视。睇，斜视。

㊸昭阳殿：汉宫殿。成帝皇后赵飞燕居之。此借用。

㊹蓬莱宫：即上文所言海上仙山之蓬莱。

㊺人寰：人间。

㊻钿合：宝钿镶嵌之盒。

㊼擘(bò)：剖。钗为两股，拆开后留一股。盒为
　　上下相合，分开后留一扇。

㊽长生殿：在华清宫，又名集灵台，为祀神之所。
　　《唐会要》卷三十华清宫，"天宝元年十月，造长
　　生殿，名为集灵台，以祀神。"此段长生殿私誓

情节采自民间传说，并非信史。李、杨于祀神之
所对天盟誓，正表现其爱情忠贞。

㊾比翼鸟：《山海经·西山经》："比翼鸟，一青一赤，
在参隅山。"

㊿连理枝：见《长相思》注⑦。

观刈麦

此诗是元和二年（807）作者任盩厔县尉时所
作。诗中描写了农民的辛苦生活，表达了自愧之
情。编入讽谕诗。刈（yì）麦，割麦。

田家少闲月，五月人倍忙。
夜来南风起①，小麦覆陇黄。
妇姑荷箪食②，童稚携壶浆。
相随饷田去③，丁壮在南岗。
足蒸暑土气，背灼炎天光。
力尽不知热，但惜夏日长。
复有贫妇人，抱子在其傍。
右手秉遗穗，左臂悬弊筐。
听其相顾言，闻者为悲伤。
家田输税尽，拾此充饥肠。
今我何功德，曾不事农桑④？
吏禄三百石⑤，岁晏有馀粮⑥。

念此私自愧，尽日不能忘。

①夜来：夜里，半夜。

②妇姑：《后汉书·五行志》："桓帝之初，天下童谣
　曰：小麦青青大麦枯，谁当获者妇与姑。"妇，
　儿媳。姑，婆母。箪（dān）食：以箪盛食。箪，
　竹制盛器。《孟子·梁惠王下》："箪食壶浆，以迎
　王师。"

③饷（xiǎng）田：送饭到田间。

④曾（zēng）不：乃不。

⑤三百石：《汉书·百官公卿表》："县……皆有丞、
　尉，秩四百石至二百石，是为长吏。"居易时为
　县尉，所以称自己的俸禄相当于三百石。

⑥岁晏：岁末。

李都尉古剑

　　此诗采用托物寓志的手法，借歌咏古剑，表达
了自己以刚直立朝的信念，可能是元和初年任左拾
遗时作。编入讽谕诗。李都尉，汉李陵武帝时拜骑
都尉。六朝及唐人往往称其为李都尉。此古剑铸用
主之名为李陵，言其来历不凡。

古剑寒黯黯①，铸来几千秋。

白光纳日月，紫气排斗牛②。
有客借一观，爱之不敢求。
湛然玉匣中，秋水澄不流③。
至宝有本性，精刚无与俦④。
可使寸寸折，不能绕指柔⑤。
愿快直士心，将断佞臣头⑥。
不愿报小怨，夜半刺私雠。
劝君慎所用，无作神兵羞⑦。

①寒黯黯：言剑光阴森逼人。
②《晋书·张华传》载：“初，吴之未灭也，斗牛之
　间常有紫气……及吴平之后，紫气愈明。华闻豫
　章人雷焕妙达纬象，乃要焕宿……华曰：‘是何祥
　也？’焕曰：‘宝剑之精，上彻于天耳。’……华
　大喜，即补焕为丰城令。焕到县，掘狱屋基，入
　地四丈余，得一石函，光气非常，中有双剑，并
　刻题，一曰龙泉，一曰太阿。其夕，斗牛间气不
　复见焉。”
③秋水：喻剑彩。《白孔六帖》卷十三引《越绝书》：
　“太阿剑，其色如秋水。”
④精刚：同“精钢”。
⑤刘琨《重赠卢谌》：“何意百炼刚，化为绕指柔。”此
　变换其意。
⑥愿快直士心，将断佞臣头：《汉书·朱云传》载：

朱云在朝对帝曰："臣愿赐尚方斩马剑，断佞臣一人以厉其馀。"帝问："谁也？"对曰："安昌侯张禹。"帝大怒。

⑦神兵：张协《七命》称"楚之阳剑"为"稀世之神兵"。

宿紫阁山北村

此诗作于元和年间，时作者任左拾遗、翰林学士。诗中揭露了由宦官掌管的神策军抢掠民间的罪恶。作者在《与元九书》中曾说："闻《宿紫阁村》诗，则握军要者切齿矣。"编入讽谕诗。紫阁山，终南山的支峰。在今陕西户县东南。

晨游紫阁峰，暮宿山下村。
村老见予喜，为予开一樽。
举杯未及饮，暴卒来入门。
紫衣挟刀斧①，草草十馀人②。
夺我席上酒，掣我盘中飧③。
主人退后立，敛手反如宾④。
中庭有奇树，种来三十春。
主人惜不得，持斧断其根。
口称采造家⑤，身属神策军⑥。
主人慎勿语，中尉正承恩⑦。

①紫衣：唐代下层胥吏服粗紫。《太平广记》卷一六《张老》："门有紫衣人吏。"

②草草：杂乱，喧闹。

③飧（sūn）：晚餐，又指熟食。

④敛手：叉手，拱手，极为恭敬的表示。

⑤采造家：采造之人。采造，采伐营造，特用于唐代宫廷。《太平广记》卷八四《会昌狂士》："会昌、开成中，含元殿换一柱，敕右军采造，选其材合尺度者。"《册府元龟》卷六一帝王部立制度："唐文宗大和元年五月癸酉，左神策军奏当军请铸'南山采造印'一面。"

⑥神策军：据《旧唐书·职官志》等记载，神策军原为驻扎陕州的地方军，代宗时由宦官鱼朝恩专统。广德元年，吐蕃犯京师，神策军以迎扈有功，成为皇帝禁卫军。此后恒以宦官为帅。贞元中，特置神策军护军中尉，以宦官为之，时号两军中尉。贞元以后，中尉之权，倾于天下，皇帝废立，皆出其可否。

⑦中尉：元和初年任左军护军中尉的是宦官吐突承璀。王承宗叛，诏以吐突承璀为行营招讨处置使，统兵征讨。谏官李酆等谏止，白居易也参与谏议，有《论承璀职名状》。

赠内

　　此诗作于元和三年（808）。此年居易与杨虞卿从妹结婚。诗中表示要与妻子以清白贞素互勉，语气恳切。编入讽谕诗。内，内子，妻子。

　　　生为同室亲，死为同穴尘①。
　　　他人尚相勉，而况我与君。
　　　黔娄固穷士，妻贤忘其贫②。
　　　冀缺一农夫③，妻敬俨如宾。
　　　陶潜不营生，翟氏自爨薪④。
　　　梁鸿不肯仕，孟光甘布裙⑤。
　　　君虽不读书，此事耳亦闻。
　　　至此千载后，传是何如人？
　　　人生未死间，不能忘其身。
　　　所须者衣食，不过饱与温。
　　　蔬食足充饥⑥，何必膏粱珍⑦。
　　　缯絮足御寒⑧，何必锦绣文。
　　　君家有贻训，清白遗子孙。
　　　我亦贞苦士，与君新结婚。
　　　庶保贫与素，偕老同欣欣⑨。

①同穴：指夫妻之义。《诗经·王风·大车》："穀则
　异室，死则同穴。谓予不信，有如皦日。"后人

由《诗经》此言生发，称夫妻生同室、死同穴。

②黔娄固穷士，妻贤忘其贫：《列女传》卷二载：鲁黔娄先生死，曾子与门人往吊之。上堂，见先生之尸在牖下，覆以布被，手足不尽敛，覆头则足见，覆足则头见。曾子曰："斜引其被则敛矣。"黔娄之妻曰："斜而有馀，不如正而不足也。先生以不斜之故，能至于此。生时不邪，死而邪之，非先生意也。"曾子曰："唯斯人也而有斯妇。"君子谓黔娄妻为乐贫行道。

③冀缺一农夫，妻敬俨如宾：《左传·僖公三十三年》："初，臼季使过冀，见冀缺耨，其妻饁之，敬，相待如宾，与之归。"

④陶潜：陶渊明。萧统《陶渊明传》："其妻翟氏，亦能安勤苦，与其同志。"爨（cuàn）：烧火作饭。《淮南子·泰族训》："秤薪而爨，数米而炊。"

⑤梁鸿不肯仕，孟光甘布裙：《后汉书·梁鸿传》："梁鸿字伯鸾，扶风平陵人也……势家慕其高节，多欲女之，鸿并绝不娶。同县孟氏有女，状肥丑而黑，力举石臼，择对不嫁，至年三十。父母问其故，女曰：'欲得贤如梁伯鸾者。'鸿闻而娉之。女求作布衣、麻屦，织作筐缉绩之具。及嫁，始以装饰入门。七日而鸿不答……乃更为椎髻，着布衣，操作而前。鸿大喜曰：'此真梁鸿妻也。能奉我矣。'字之曰德曜，名孟光……遂至吴，依

大家皋伯通，居庑下，为人赁舂。每归，妻为具
食，不敢于鸿前仰视，举案齐眉。"

⑥蔬食：以菜蔬为食。《孟子·万章下》："虽蔬食菜
羹，未尝不饱。"

⑦膏粱：精美食品。膏是脂肪，粱是稻米。《孟
子·告子上》："饱乎仁义也，所以不愿人之膏粱
之味也。"

⑧缯（zēng）絮：丝绵絮。缯，丝织品的总称。

⑨偕老：白头到老。《诗·鄘风·君子偕老》："君子
偕老，副笄六珈。"

寄唐生

　　此诗为元和中作。唐衢为忠义之士而悲哭，被
作者引为同调。作者既赞赏唐衢，更以此精神自
勉，表达了以诗歌为生民请命的坚定决心。编入讽
谕诗。唐生，唐衢。《旧唐书·唐衢传》："唐衢者，
应进士，久而不第，能为歌诗，意多感发。见人文
章有所伤叹者，读讫必哭，涕泗不能已。每与人言
论，既相别，发声一号，音辞哀切，闻之者莫不凄
然泣下。尝客游太原，属戎帅军宴，衢得预会。酒
酣言事，抗音而哭，一席不乐，为之罢会，故世称
唐衢善哭……竟不登一命而卒。"白居易《与元九
书》："有唐衢者，见仆诗而泣，未几而衢死。"

贾谊哭时事^①，阮籍哭路穷^②。

唐生今亦哭，异代同其悲。

唐生者何人，五十寒且饥。

不悲口无食，不悲身无衣。

所悲忠与义，悲甚则哭之。

太尉击贼日^③，　段太尉以笏击朱泚。

尚书叱盗时^④，　颜尚书叱李希烈。

大夫死凶寇^⑤，　陆大夫为乱兵所害。

谏议谪蛮夷^⑥。　阳谏议左迁道州。

每见如此事，声发涕辄随。

往往闻其风，俗士犹或非。

怜君头半白，其志竟不衰。

我亦君之徒，郁郁何所为？

不能发声哭，转作乐府诗。

篇篇无空文，句句必尽规。

功高虞人箴^⑦，痛甚骚人辞^⑧。

非求宫律高^⑨，不务文字奇。

惟歌生民病，愿得天子知。

未得天子知，甘受时人嗤。

药良气味苦^⑩，瑟淡音声稀^⑪。

不惧权豪怒，亦任亲朋讥。

人竟无奈何，呼作狂男儿。

每逢群盗息，或遇云雾披^⑫。

贾谊哭时事[①]，阮籍哭路穷[②]。

唐生今亦哭，异代同其悲。

唐生者何人，五十寒且饥。

不悲口无食，不悲身无衣。

所悲忠与义，悲甚则哭之。

太尉击贼日[③]，　段太尉以笏击朱泚。

尚书叱盗时[④]，　颜尚书叱李希烈。

大夫死凶寇[⑤]，　陆大夫为乱兵所害。

谏议谪蛮夷[⑥]。　阳谏议左迁道州。

每见如此事，声发涕辄随。

往往闻其风，俗士犹或非。

怜君头半白，其志竟不衰。

我亦君之徒，郁郁何所为？

不能发声哭，转作乐府诗。

篇篇无空文，句句必尽规。

功高虞人箴[⑦]，痛甚骚人辞[⑧]。

非求宫律高[⑨]，不务文字奇。

惟歌生民病，愿得天子知。

未得天子知，甘受时人嗤。

药良气味苦[⑩]，瑟淡音声稀[⑪]。

不惧权豪怒，亦任亲朋讥。

人竟无奈何，呼作狂男儿。

每逢群盗息，或遇云雾披[⑫]。

但自高声歌，庶几天听卑[13]。

歌哭虽异名，所感则同归。

寄君三十章，与君为哭词。

① 贾谊：汉文帝时人。上疏言政事，得到文帝赏识。为大臣所忌，出为长沙王太傅。贾谊《陈政事疏》："臣窃惟事势，可为痛哭者一，可为流涕者二，可为长太息者六。"

② 阮籍：字嗣宗。《晋书·阮籍传》："籍本有济世志，属魏晋之际，天下多故，名士少有全者，籍由是不与世事，遂酣饮为常……时率意独驾，不由径路，车迹所穷，辄恸哭而反。"

③ 太尉：段秀实。《旧唐书·段秀实传》："段秀实字成公，陇州汧阳人也……（建中）四年，朱泚盗据宫阙……泚召秀实议事，源休、姚令言、李忠臣、李子平皆在坐。秀实戎服，与泚并膝，语至僭位，秀实勃然而起，执休腕夺其象笏，奋跃而前，唾泚面大骂曰：'狂贼，吾恨不斩汝万段，我岂逐汝反耶！'遂击之。泚举臂自捍，才中其颡，流血匐匐而走……凶党群至，遂遇害焉。"德宗后下诏赠太尉。

① 尚书：颜真卿。代宗时除尚书右丞。《旧唐书·颜真卿传》："颜真卿字清臣，琅邪临沂人也……会李希烈陷汝州，（卢）杞乃奏曰：'颜真卿四方

所信，使谕之，可不劳师旅。’上从之，朝廷失色……初见希烈，欲宣诏旨，希烈养子千馀人露刃争前迫真卿，将食其肉。诸将丛绕慢骂，举刃以拟之，真卿不动……真卿正色叱之曰：‘是何宰相耶！君等闻颜杲卿无？是吾兄也。禄山反，首举义兵，及被害，诟骂不绝于口。吾今年向八十，官至太师，守吾兄之节，死而后已，岂受汝辈诱胁耶！’”后被李希烈所杀。

⑤大夫：陆长源。《旧唐书·陆长源传》：“陆长源字咏之……贞元十二年，授检校礼部尚书、宣武军行军司马，汴州政事，皆决断之……及至汴州，欲以峻法绳骄兵，而董晋判官杨凝、孟叔度亦纵恣淫湎，众情共怒。晋性宽缓，事务因循，以收士心。长源每事守法，晋或苟且，长源辄执而正之。及晋卒，令长源知留后事……或劝长源，故事有大变，皆赏三军，三军乃安。长源曰：‘不可使我同河北贼，以钱买健儿取旌节。’兵士怨怒滋甚，乃执长源及叔度等脔而食之，斯须骨肉糜散。”陆长源任汴州司马时带御史大夫衔。

⑥谏议：阳城。德宗时官谏议大夫。《旧唐书·阳城传》：“阳城字亢宗，北平人也……于是裴延龄、李齐运、韦渠牟等以奸佞相次进用，诬谮时宰，毁诋大臣，陆贽等咸遭枉黜，无敢救者。城乃伏阁上书，与拾遗王仲舒共论延龄奸佞，贽等无罪。

德宗大怒，召宰相入议，将加城罪。时顺宗在东宫，为城独开解之，城赖之获免……有薛约者，尝学于城，性狂躁，以言事得罪，徙连州，客寄无根蒂，台吏以踪迹求得之于城家。城坐台吏于门，与约饮酒诀别，涕泣送之郊外。德宗闻之，以城党罪人，出为道州刺史……顺宗即位，诏征之，而城已卒。"

⑦虞人箴：《左传·襄公四年》：魏绛向晋侯进言："昔周辛甲之为大史也，命百官官箴王阙，于虞人之箴曰：'茫茫禹迹，画为九州，经启九道。民有寝庙，兽有茂草。各有攸处，德用不扰。在帝夷羿，冒于原兽。忘其国恤，而思其麀牡。武不可重，用不恢于夏家。兽臣司原，敢告仆夫。'虞箴如是，可不惩乎？"于是晋侯好田，故魏绛及之。

⑧骚人辞：指《离骚》等《楚辞》作品。萧统《文选序》："又楚人屈原，含忠履洁，君匪从流，臣进逆耳，深思远虑，遂放湘南。耿介之意既伤，壹郁之怀靡诉。临渊有怀沙之志，吟泽有憔悴之容。骚人之文，自兹而作。"

⑨宫律：宫商律吕，指音阶乐律，又指齐梁以来的诗歌声律说。

⑩药良：《韩非子·外储说左上》："夫良药苦于口，而智者劝而饮之，知其入而已己疾也。"

⑪瑟淡：《礼记·乐记》："是故乐之隆，非极音也；食飨之礼，非致味也。清庙之瑟，朱弦而疏越，壹倡而三叹，有遗音者矣。"音声稀：《老子》四十一章："大音希声。"

⑫云雾披：披云雾见日，比喻得见圣明之君。谢灵运《拟魏太子邺中集·王粲》："排雾属圣明，披云对清朗。"《文选》李善注："圣明、清朗，喻太祖也。王隐《晋书》曰：乐广为尚书令，卫瓘见而奇之，命诸子造焉，曰：每见此人，莹然若开云雾之睹青天。"

⑬天听卑：《吕氏春秋·制乐》："天之处高而听卑，君有至德之言三，天必三赏君。"此句表示希望君主能下听位卑者之言。

悲哉行

此诗为元和中作。诗中描述了寒素之士参加科举、求进仕途的艰辛，谴责了社会的不公。作者在《与元九书》中曾讲述自己如何投身科举之路："十五六始知有进士，苦节读书。二十已来，昼课赋，夜课书，间又课诗，不遑寝息矣。以至于口舌成疮，手肘成胝，既壮而肤革不丰盈，未老而齿发早衰白，瞥瞥然如飞蝇垂珠在眸子中也动以万数。盖以苦学为文所致，又自悲矣。"诗中的描写便饱含了自己亲身经历的辛酸。编入讽谕诗。

> 悲哉为儒者，力学不知疲。
> 读书眼欲暗，秉笔手生胝^①。
> 十上方一第^②，成名常苦迟。
> 纵有宦达者，两鬓已成丝。
> 可怜少壮日，适在穷贱时。
> 丈夫老且病，焉用富贵为。
> 沉沉朱门宅^③，中有乳臭儿。
> 状貌如妇人，光明膏粱肌。
> 手不把书卷，身不擐戎衣^④。
> 二十袭封爵，门承勋戚资^⑤。
> 春来日日出，服御何轻肥^⑥。
> 朝从薄徒饮^⑦，暮有倡楼期^⑧。
> 平封还酒债^⑨，堆金选蛾眉。
> 声色狗马外，其馀一无知。
> 山苗与涧松，地势随高卑^⑩。
> 古来无奈何，非君独伤悲。

①胝：手足所生茧称胼胝（pián zhī）。《墨子·备梯》："禽滑釐子事子墨子，三年，手足胼胝，面目黧黑。"

②第：乃第。

③朱门：富贵之家以朱漆门。张华《轻薄篇》："朱

门赫嵯峨，苍梧竹叶清。"

④擐（huàn）：穿。《左传·成公十三年》："文公躬擐甲胄，跋履山川。"

⑤勋戚：勋贵戚族。齐武帝《赠萧景先诏》："绸缪少长，义兼勋戚。"

⑥轻肥：轻裘肥马。《论语·雍也》："乘肥马，衣轻裘。"

⑦薄徒：轻薄之徒。《旧唐书·钱徽传》："大则枢机之重，旁挠于薄徒。"

⑧倡楼：同"娼楼"。

⑨平封：封，白诗原注读去声。义与下文"堆金"近同，具体解释不详。

⑩左思《咏史》："郁郁涧底松，离离山上苗。以彼径寸茎，荫此百尺条。世胄蹑高位，英俊沉下僚。地势使之然，由来非一朝。"

妇人苦

此诗为元和中作。男女在婚姻中的不平等存在了几千年，人们可能认为理所当然。此诗却把这种不平等当作严重问题予以揭露，表现了作者对妇女命运的深刻体察与同情。编入感伤诗。

蝉鬓加意梳①，蛾眉用心扫②。

几度晓妆成，君看不言好。
妾身重同穴③，君意轻偕老④。
惆怅去年来，心知未能道。
今朝一开口，语少意何深。
愿引他时事，移君此日心。
人言夫妇亲，义合如一身⑤。
及至死生际，何曾苦乐均？
妇人一丧夫，终身守孤子⑥。
有如林中竹，忽被风吹折。
一折不重生，枯死犹抱节。
男儿若丧妇，能不暂伤情？
应似门前柳，逢春易发荣。
风吹一枝折，还有一枝生。
为君委曲言，愿君再三听。
须知妇人苦，从此莫相轻。

①蝉鬓：妇女发式。萧绎《登颜园故阁诗》："妆成理蝉鬓，笑罢敛蛾眉。"

②扫：指画眉。左思《娇女诗》："明朝弄梳台，黛眉类扫迹。"

③同穴：见《赠内》注①。

④偕老：见《赠内》注⑩。

⑤《淮南子·齐俗训》："义者，所以合君臣、父子、兄弟、夫妻、朋友之际也。"

⑥孤孑（jié）：孤独。

秦中吟（选六）

　　秦中，指长安及周边地区，为秦的中心。《秦中吟》组诗共十首，是揭露弊政、反映长安社会生活的一组重要作品，编入讽谕诗。作者在《与元九书》中曾说："闻《秦中吟》，则权豪贵近者相目而变色矣。"这里选录了六首。

　　贞元、元和之际①，予在长安，闻见之间，有足悲者。因直歌其事，命为《秦中吟》。

重赋

　　《重赋》揭露了两税法实行中的弊端。

厚地植桑麻②，所要济生民。
生民理布帛③，所求活一身。
身外充征赋，上以奉君亲④。
国家定两税⑤，本意在忧人。
厥初防其淫⑥，明敕内外臣。
税外加一物，皆以枉法论。
奈何岁月久，贪吏得因循⑦。

浚我以求宠⑧，敛索无冬春⑨。

织绢未成匹，缲丝未盈斤⑩。

里胥迫我纳⑪，不许暂逡巡⑫。

岁暮天地闭⑬，阴风生破村。

夜深烟火尽，霰雪白纷纷。

幼者形不蔽，老者体无温。

悲端与寒气⑭，并入鼻中辛。

昨日输残税⑮，因窥官库门。

缯帛如山积⑯，丝絮似云屯⑰。

号为羡馀物⑱，随月献至尊。

夺我身上暖，买尔眼前恩。

进入琼林库⑲，岁久化为尘。

①贞元：唐德宗年号，共二十一年（785—805）。
　贞元二十一年（805），德宗卒，顺宗即位，改元
　永贞，在位仅一年。元和：唐宪宗年号，共十五
　年（806—820）。白居易于贞元十九年（803）书
　判拔萃登第，授秘书省校书郎，此后居长安。至
　元和六年（811），为母守丧，退居下邽。

②厚地：大地。《周易·坤卦·象》："地势坤，君
　子以厚德载物。"植桑麻：举桑麻以概五谷。《管
　子·牧民》："务五谷，则食足，养桑麻育六畜，
　则民富。"

③布帛：纺织品，所以为衣。《礼记·礼运》："治其

麻丝，以为布帛，以养生送死。"

④君亲：君父。《盐铁论·授时》："易其田畴，薄其税敛，则民富矣。上以奉君亲，下无饥寒之忧，则教可成也。"

⑤两税：两税法，德宗建中元年（780）正式实行，由宰相杨炎制订，以取代唐初的租庸调法。"凡百役之费，一钱之敛，先度其数，而赋于人，量出以制入。户无主客，以见居为簿。人无丁中，以贫富为差。不居处而行商者，在所郡县税三十之一，度所与居者均，使无侥利。居人之税，秋夏两征之。俗有不便者，正之。其租庸杂徭悉省，而丁额不废，申报出入如旧式。其田亩之税，率以大历十四年垦田之数为准而均征之。夏税无过六月，秋税无过十一月。"（《唐会要》卷八三租税）

⑥厥初：其初。《尚书·蔡仲之命》："慎厥初。"

⑦因循：轻率，懈怠。

⑧浚（jùn）：榨取。《左传·襄公二十四年》："毋宁使人谓子子实生我，而谓子浚我以生乎？"杜预注："浚，取也。言取我财以自生。"

⑨无冬春：无论冬春。两税本为夏、秋两季征收，现已无论冬春。

⑩缲（sāo）丝：绎茧为丝。缲，同"缫"。

⑪里胥：里正之类乡官。《通典》卷三三乡官："大

唐凡百户为一里，里置正一人。"

⑫逡（qūn）巡：迟疑拖延。

⑬天地闭：天地闭塞。《礼记·月令》："孟冬之月……天气上腾，地气下降，天地不通，闭塞而成冬。"

⑭悲端：悲。端为名词或形容词词尾，无实义。谢灵运《登临海峤初发疆中作》："兹情已分虑，况乃协悲端。"

⑮残税：残剩未交之税。《太平广记》卷一二四《郝溥》："残税请延期输纳。"

⑯缯帛：泛指丝织品。

⑰丝絮：丝绵。

⑱羡馀：正税之外的进奉。《旧唐书·食货志》："先是兴元克复京师后，府藏尽虚，诸道初有进奉，以资经费，复时有宣索。其后诸贼既平，朝廷无事，常赋之外，进奉不息。韦皋剑南有日进，李兼江西有月进，杜亚扬州，刘赞宣州，王纬、李锜浙西，皆竞为进奉，以固恩泽。贡入之奏，皆曰臣于正税外方圆，亦曰羡馀。"

⑲琼林库：《旧唐书·陆贽传》："初，德宗仓皇出幸，府藏委弃，凝冽之际，士众多寒，服御之外，无尺缣丈帛。及贼洇解围，诸藩贡奉继至，乃于奉天行在贮贡物于廊下，仍题曰琼林、大盈二库名。贽谏曰：琼林、大盈，自古悉无其制，传诸耆旧

之说，皆云创自开元。贵臣贪权，饰巧求媚。"

伤宅

此诗揭露了长安达官贵族的豪奢生活。《旧唐书·马璘传》载："安史大乱之后，法度隳弛，内臣戎帅，竞务奢豪。亭馆第舍，力穷乃止，时谓'木妖'。"正是此诗揭露的情况。

谁家起甲第①，朱门大道边。
丰屋中栉比②，高墙外回环。
累累六七堂，栋宇相连延③。
一堂费百万，郁郁起青烟④。
洞房温且清⑤，寒暑不能干。
高堂虚且迥，坐卧见南山⑥。
绕廊紫藤架，夹砌红药栏⑦。
攀枝摘樱桃，带花移牡丹。
主人此中坐，十载为大官。
厨有臭败肉⑧，库有贯朽钱⑨。
谁能将我语，问尔骨肉间。
岂无穷贱者，忍不救饥寒？
如何奉一身，直欲保千年⑩？
不见马家宅⑪，今作奉诚园。

①甲第：甲等宅第。张衡《西京赋》：“北阙甲第，当道直启。”《文选》李善注：“第，馆也。甲，言第一也。”

②丰屋：房屋高大。《周易·丰卦》：“丰其屋，蔀其家，窥其户，阒其无人。”栉（zhì）比：如栉齿一般排列密集。栉，木梳。

③栋宇：栋，房梁；宇，房檐。《周易·系辞下》：“上古穴居而野处，后世圣人易之以宫室，上栋下宇，以待风雨。”

④郁郁：烟云盛多貌。青烟：青云。陆机《列仙赋》：“凌青烟而溥天际。”

⑤洞房：高大而深邃的房屋。《楚辞·招魂》：“姱容修态，絙洞房些。”

⑥南山：终南山，在长安南。

⑦红药栏：芍药。据宋吴曾《能改斋漫录》卷三引唐李匡乂《资暇集》，“药栏”为一词，非谓红药之栏干。白诗与“藤架”为对，误会其意。

⑧《盐铁论·园池》：“语曰：厨有腐肉，国有饥民，厩有肥马，路有馁人。”

⑨贯：钱以绳相贯，每千钱为一贯。《史记·平准书》：“京师之钱累巨万，贯朽而不可校。”

⑩直欲：真欲，竟要。

⑪马家宅：马燧，德宗时以功封北平郡王。燧卒后，其子畅因惧祸将宅进献，改为奉诚园。《唐国

史补》卷中："马司徒之子畅，以第中大杏馈窦文场，文场以进。德宗未尝见，颇怪之，令使就第封杏树。畅惧，进宅，废为奉诚园，屋木尽拆入内也。"

伤友

此诗感慨世态炎凉，交友不终。

陋巷孤寒士①，出门苦栖栖②。
虽云志气在，岂免颜色低。
平生同门友，通籍在金闺③。
曩者胶漆契④，迩来云雨暌⑤。
正逢下朝归，轩骑五门西⑥。
是时天久阴，三日雨凄凄。
蹇驴避路立⑦，肥马当风嘶。
回头忘相识，占道上沙堤⑧。
昔年洛阳社⑨，贫贱相提携。
今日长安道，对面隔云泥⑩。
近日多如此，非君独惨凄。
死生不变者，唯闻任与黎⑪。任公叔、黎逢。

①陋巷：《论语·雍也》："子曰：贤哉回也！一箪食，

一瓢饮，在陋巷，人不堪其忧，回也不改其乐。
贤哉回也！"孤寒：贫寒无援。《晋书·陶侃传》：
"臣少长孤寒，始愿有限。"

②栖栖：忙碌不安。《论语·宪问》："丘何为是栖栖
者与？"

③金闺：金马门，汉宫门。籍为二尺竹牒，记年纪、
名字、形貌。悬于宫门，检验之后才可出入。谢
朓《始出尚书省》："既通金闺籍，复酌琼筵醴。"

④曩（nǎng）者：从前。胶漆契：友情如胶漆一样
坚固。《后汉书·雷义传》："乡里为之语曰：胶漆
自谓坚，不如雷与陈。"

⑤云雨睽（kuí）：云雨不相会。睽，乖离。颜延之
《和谢监灵运》："虽惭丹腾施，未谓玄素睽。徒
遭良时诐，王道奄昏霾。人神幽明绝，朋好云雨
乖。"

⑥五门：长安大明宫南面五门。《唐六典》卷七大明
宫："南面五门，正南曰丹凤门，东曰望仙门，次
曰延政门；西曰建福门，次曰兴安门。"其中建
福门为百官出入之门，故诗云"五门西"。

⑦蹇（jiǎn）驴：驽劣之驴。

⑧沙堤：拜相之后以沙铺路，便于行走。《唐国史
补》卷下："凡拜相，礼绝班行，府县载沙填路，
自私第至子城东街，名曰沙堤。"

⑨洛阳社：即白社，晋董京曾宿此。《晋书·隐逸

传·董京》："董京字威辇，不知何郡人也。初与
陇西计吏俱至洛阳，被发而行，逍遥吟咏，常宿
白社中。"

⑩云泥：云在天，泥在地，喻相隔之远。荀济《赠
阴梁州》："云泥已殊路，暄凉讵同节。"

⑪任与黎：任公叔、黎逢，均为大历十二年（777）
进士。见《登科记考》卷十一。

轻肥

此诗揭露宦官的嚣张气焰，结尾点出民间"人
食人"的悲惨景象，触目惊心。

> 意气骄满路①，鞍马光照尘。
> 借问何为者，人称是内臣②。
> 朱绂皆大夫③，紫绶或将军④。
> 夸赴军中宴，走马去如云。
> 樽罍溢九酝⑤，水陆罗八珍⑥。
> 果擘洞庭橘⑦，脍切天池鳞⑧。
> 食饱心自若⑨，酒酣气益振。
> 是岁江南旱，衢州人食人⑩。

①意气：好胜逞强之气。《玉台新咏》卷一《白头
吟》："男儿重意气，何用钱刀为。"

②内臣：内侍之臣，多由宦官充任，即指宦官。

③朱绂（fú）：唐制五品以上官员衣朱，唐人通以"朱绂"指衣朱。

④紫绶：绶为丝带，用以系印。《史记·范雎蔡泽列传》："怀黄金之印，结紫绶于要。"

⑤樽、罍（léi）：均为酒器。九酝：一种名酒。《唐国史补》卷下："酒之美者，宜城之九酝。"

⑥水陆八珍：水产和陆产的各种美味。《周礼·天官·膳夫》："珍用八物。"八珍之名，说法不一。

⑦擘（bò）：剖。洞庭橘：吴中洞庭以产橘著名。吴均《饼说》："洞庭负霜之橘，仇池连蒂之椒。"

⑧鲙（kuài）：鱼肉细切。天池：海之别称。

⑨自若：自得，自在。

⑩衢（qú）州：唐属江南东道，今浙江衢州。《旧唐书·宪宗纪》：元和三年，"是岁淮南、江南、江西、山南东道旱"。

歌舞

　　此诗揭露长安达官贵族的奢靡生活，篇末以狱囚的悲惨生活作对比，令人震惊。

　　秦中岁云暮①，大雪满皇州②。
　　雪中退朝者，朱紫尽公侯③。

贵有风云兴，富无饥寒忧。
所营唯第宅，所务在追游④。
朱轮车马客⑤，红烛歌舞楼。
欢酣促密坐⑥，醉暖脱重裘。
秋官为主人⑦，廷尉居上头⑧。
日中为一乐，夜半不能休。
岂知阌乡狱⑨，中有冻死囚。

①岁云暮：岁末。云，语助词。

②皇州：帝都，指长安。

③朱紫：唐制三品以上衣紫，五品以上衣朱。

④追游：追逐游乐。张正见《刘生》："别有追游夜，
　秋窗向月看。"

⑤朱轮：贵族所乘车以朱漆轮。《汉书·杨恽传》：
　"恽家方隆盛时，乘朱轮者十人。"

⑥促密坐：男女杂坐密近。傅毅《舞赋》："郑卫之
　乐，所以娱密坐、接欢欣也。"

⑦秋官：《周礼·秋官·大司寇》："大司寇之职，掌
　建邦之三典，以佐王刑邦国。"后指刑部官员。

⑧廷尉：《汉书·百官公卿表》："廷尉，秦官，掌刑
　辟。"相当于唐代的大理寺卿。

⑨阌（wén）乡：唐为虢州属县，在今河南灵宝市
　西。白居易《奏阌乡县禁囚状》："伏闻前件县狱中
　有囚数十人，并积年禁系，其妻儿皆乞于道路，以

供狱粮。其中有身禁多年，妻已改嫁者；身死狱中，取其男收禁者。云是度支转运下，囚禁在县狱，欠负官物，无可填陪。一禁其身，虽死不放。"

买花

此诗描写长安贵族喜尚牡丹的风俗，主题则在揭露社会贫富之悬殊。《唐国史补》卷中："京城贵游，尚牡丹三十馀年矣。每暮春车马若狂，以不耽玩为耻。执金吾铺官围外寺观种以求利，一本有直数万者。"可与白诗相互参证。

> 帝城春欲暮①，喧喧车马度。
> 共道牡丹时，相随买花去。
> 贵贱无常价②，酬直看花数③。
> 灼灼百朵红④，戋戋五束素⑤。
> 上张幄幕庇⑥，旁织巴篱护⑦。
> 水洒复泥封，移来色如故。
> 家家习为俗，人人迷不悟。
> 有一田舍翁，偶来买花处。
> 低头独长叹，此叹无人谕⑧。
> 一丛深色花，十户中人赋⑨。

①帝城：帝都，长安。

②无常价：没有固定的价格。

③酬直：计价付钱。直，同"值"。

④灼灼：鲜艳貌。《诗经·周南·桃夭》："桃之夭夭，灼灼其华。"

⑤戋戋（jiān）：众多貌。《周易·贲卦》："贲于丘园，束帛戋戋。"素：白色细绢。《玉台新咏》卷一《古诗》："新人工织缣，故人工织素。"五束素为花的价钱。唐人也以"束素"计值。《幽怪录》卷四《华山客》："乃鬻束素以市酒肉。"

⑥幄幕：帐幕。

⑦巴篱：即篱笆。《齐民要术·园篱》："秋上酸枣熟时，收于垄中，概种之……至明年春，剥去横枝，剥必留距，剥讫，即编为巴篱。"

⑧谕：知晓。

⑨中人：中产之家。《汉书·文帝纪》："百金，中人十家之产也。"按，中唐时次户之家每岁输税约在"万钱"上下（参见李翱《论事疏表》、颜萱《过张祜处士丹阳故居》等），《唐国史补》称牡丹有一本"直数万"者，可见白诗乃言其实。

新乐府并序（选十六）

元和中李绅作《乐府新题》二十首，居易好友元稹择和其中十二首，成《和李校书新题乐府十二首》。李绅原作今不存，元稹所和十二首之题则被居易采用，并扩充为五十首，这里选录其中的十六首。元稹在《乐府古题序》中说："近代唯诗人杜甫《悲陈陶》《哀江头》《兵车》《丽人》等，凡所歌行，率皆即事名篇，无复倚傍。余少时与友人乐天、李公垂辈，谓是为当，遂不复拟赋古题。"唐代的乐府新歌，相对于古乐府，自拟新题，同时采用歌行体。杜甫的《兵车行》《丽人行》等作品更直写时事、即事名篇，为元、白所效仿。《新乐府》是白居易全面反映唐代社会现实的一组力作。其中有追思历史、歌颂太宗功业、总结玄宗失政的作品，更有广泛涉及德宗、宪宗朝政及各种社会问题的大量作品。编入讽谕诗。

　　序曰：凡九千二百五十二言，断为五十篇。篇无定句，句无定字①，系于意，不系于文。首句标其目，卒章显其志，《诗》三百之义也②。其辞质而径③，欲见之者易谕也。其言直而切④，欲闻之者深诫也。其事核而实⑤，使采之者传信也。其体顺而肆⑥，可以播于乐章歌曲也。总而言之，为君、为臣、为民、为物、为事而作⑦，不为文而作也。

　　　　　　元和四年为左拾遗时作。

上阳白发人⑧　愍怨旷也⑨

　　《上阳白发人》为李绅、元稹《新题乐府》原题，诗以上阳宫人传说为基础，描写了女主人公一生独向空房宿的凄凉生活，揭露了封建后妃制度的非人性质。

　　天宝五载已后，杨贵妃专宠⑩，后宫人无复进幸矣。六宫有美色者，辄置别所，上阳是其一也。贞元中尚存焉。

　　上阳人，红颜暗老白发新。
　　绿衣监使守宫门⑪，一闭上阳多少春。
　　玄宗末岁初选入，入时十六今六十。
　　同时采择百馀人⑫，零落年深残此身。
　　忆昔吞悲别亲族，扶入车中不教哭⑬。
　　皆云入内便承恩，脸似芙蓉胸似玉。
　　未容君王得见面，已被杨妃遥侧目。
　　妒令潜配上阳宫，一生遂向空房宿。
　　秋夜长，夜长无寐天不明。
　　耿耿残灯背壁影，萧萧暗雨打窗声⑭。
　　春日迟，日迟独坐天难暮。
　　宫莺百啭愁厌闻，梁燕双栖老休妒。
　　莺归燕去长悄然⑮，春往秋来不记年。

唯向深宫望明月，东西四五百回圆。

今日宫中年最老，大家遥赐尚书号⑯。

小头鞋履窄衣裳，青黛点眉眉细长。

外人不见见应笑，天宝末年时世妆⑰。

上阳人，苦最多。

少亦苦，老亦苦，少苦老苦两如何？

君不见昔时吕向《美人赋》⑱，

　　天宝末，有密采艳色者，当时号花鸟使。吕向
献《美人赋》以讽之。

　　又不见今日上阳白发歌。

①篇无定句，句无定字：这是新乐府杂言歌行的诗
　体特点，篇幅长短自如，以七字句为主，但也有
　三言、五言等句式。

②首句标其目：《诗经》篇名多取首句句意，从一字
　到五字不等。卒章：在《诗经》指最后一章，后
　以指诗文的结束部分。《诗》三百：《诗经》三百
　篇，先秦时称"诗三百"。

③质而径：质实直接。《文心雕龙·诸子》："墨翟、
　随巢，意显而语质。"《论衡·正说》："径直之文，
　有曲折之义，非孔子之心。"

④直而切：率直贴切。《文心雕龙·明诗》："观其结
　体散文，直而不野，婉转附物，怊怅切情。"

⑤核而实：准确真实。《汉书·司马迁传》："其文

直，其事核，不虚美，不隐恶，故谓之实录。"

⑥顺而肆：通顺流畅，指《新乐府》具有歌词特点，可以合乐演唱。白居易《与元九书》："韵协则言顺，言顺则声易入。"

⑦为君、为臣、为民、为物、为事：《礼记·乐记》："宫为君，商为臣，角为民，徵为事，羽为物。五者不乱，则无怗滞之音矣。"以五音喻君、臣等五者，为白居易所本。

⑧上阳：上阳宫，在东都洛阳宫城西南隅，南临洛水，西拒榖水，东即宫城，北连禁苑。其西隔榖水有西上阳宫，虹梁跨榖，行幸往来。《本事诗》载顾况于洛阳禁苑流水上得上阳宫女题叶诗："一入深宫里，年年不见春。聊题一片叶，寄与有情人。"可知上阳宫女传说在当时颇为流行。

⑨愍（mǐn）怨旷也：这是《新乐府》组诗模仿《诗经》，在每篇篇题下所加的小序，用以说明本篇的题旨。愍，哀怜。怨旷，指男女无偶。《孟子·梁惠王下》："内无怨女，外无旷夫。"

⑩杨贵妃：参见《长恨歌》及注。

⑪绿衣监使：指内侍省掖廷局的宫教、监作等官员，负责监管宫女。见《旧唐书·职官志》。

⑫采择：指选择婚姻对象。郑众《婚礼谒文》："纳采，始相与言语，采择可否之时。"

⑬不教：不让。

⑭萧萧：雨声，同"潇潇"。

⑮悄然：黯然神伤。

⑯大家：宫中对皇帝的称呼。《旧唐书·宦官传》："大家但内里坐，外事听老奴处置。"尚书：唐宫官有六尚，"如六尚书之职掌"（《旧唐书·职官志》）。

⑰时世妆：流行时妆。《新唐书·五行志》："天宝初，贵族及士民好为胡服胡帽，妇人则簪步摇钗，衿袖窄小。"

⑱吕向：《新唐书·吕向传》："字子回，亡其世贯，或曰泾州人……玄宗开元十年召入翰林，兼集贤院校理，侍太子及诸王为文章。时帝岁遣使采择天下姝好，内之后宫，号花鸟使，向因奏《美人赋》以讽，帝善之，擢左拾遗。"吕向献《美人赋》在玄宗开元年间，此句下注言"天宝末"，有误。

新丰折臂翁　戒边功也

　　此诗借一老翁自述锤臂逃死的经历，谴责了唐玄宗天宝年间发动扩边战争的罪恶，试图对唐王朝由盛而衰的历史教训进行总结，对当朝统治者提供鉴戒。新丰，京兆府属县，天宝七载（748）撤消，并入昭应县。在今陕西临潼附近。

新丰老翁八十八，头鬓眉须皆似雪。
玄孙扶向店前行，左臂凭肩右臂折。
问翁臂折来几年，兼问致折何因缘。
翁云贯属新丰县①，生逢圣代无征战。
惯听梨园歌管声②，不识旗枪与弓箭。
无何天宝大征兵③，户有三丁点一丁。
点得驱将何处去？五月万里云南行。
闻道云南有泸水④，椒花落时瘴烟起⑤。
大军徒涉水如汤，未过十人二三死。
村南村北哭声哀，儿别爷娘夫别妻。
皆云前后征蛮者，千万人行无一回。
是时翁年二十四，兵部牒中有名字⑥。
夜深不敢使人知，偷将大石锤折臂。
张弓簸旗俱不堪⑦，从兹始免征云南。
骨碎筋伤非不苦，且图拣退归乡土⑧。
臂折来来六十年⑨，一肢虽废一身全。
至今风雨阴寒夜，直到天明痛不眠。
痛不眠，终不悔，且喜老身今独在。
不然当时泸水头，身死魂飞骨不收。
应作云南望乡鬼，万人冢上哭呦呦。
　　云南有万人冢，即鲜于仲通、李宓曾覆军之所也。

老人言，君听取。

君不闻开元宰相宋开府^⑩，不赏边攻防黩武。

开元初，突厥数寇边，时大武军子将郝灵佺出使^⑪，因引特勒回鹘部落^⑫，斩突厥默啜，献首于阙下，自谓有不世之功。时宋璟为相，以天子年少好武，恐徼功者生心，痛抑其党。逾年，始授郎将。灵佺遂恸哭呕血而死也。

又不闻天宝宰相杨国忠，欲求恩幸立边功。

边功未立生人怨，请问新丰折臂翁。

天宝末，杨国忠为相，重结阁罗凤之役，募人讨之，前后发二十馀万众，去无返者。又捉人连枷赴役，天下怨哭，人不聊生，故禄山得乘人心而盗天下。元和初，而折臂翁犹存，因备歌之。

① 贯：籍贯，乡贯。
② 梨园：见《长恨歌》注㉗。
③ 无何：不久。据《旧唐书·杨国忠传》《南蛮传》等记载：天宝中，南诏王阁罗凤袭位，云南太守张虔陀多所求丐，阁罗凤不应，虔陀数诟辱之，阴表其罪，罗凤于是发兵反。玄宗欲讨之，杨国忠荐阆州人鲜于仲通为益州长史，令率精兵八万讨南诏，与罗凤战于泸南，全军覆没。国忠掩其

败状，仍叙其战功。天宝十载（751），国忠权知蜀郡都督府长史，知节度事，使司马李宓率师七万再讨南诏。宓渡泸水，为南诏所诱，至和城，不战而败，李宓死于阵。国忠又隐其败，以捷书上闻。自仲通、李宓再举讨南诏之军，其征发皆中国利兵，瘴疫之所伤，馈饷之所乏，物故者十八九。凡举二十万众，弃之死地。

④泸水：即金沙江，至僰道（今四川宜宾）与岷江汇合（古人以岷江为长江主流，而以金沙江为支流）。当时人言，泸水有瘴气，三月、四月经之必死，五月以后，行者得无害。

⑤椒花：云南产椒。瘴烟：南方湿热，古人称为瘴，以为能致疟疾等疫病。

⑥兵部牒（dié）：向兵部申报的文书。《唐六典》卷五："凡诸州诸府应行兵马之名簿，器物之多少，皆申兵部。"

⑦簸旗：摇旗。

⑧拣退：拣选剔除不合格者。

⑨来来：以来，唐人俗语。

⑩宋开府：宋璟。玄宗开元十七年（729）拜尚书右丞相，文散阶至开府仪同三司。据《新唐书·玄宗纪》《宋璟传》等记载：突厥默啜负其强，数窥边，侵九姓拔曳固，开元四年（716）六月，大武军子将郝灵佺充入蕃使，杀突厥默啜，传其首京

师。灵佺自谓不世之功，还必厚见赏。璟以天子
方少，恐好事者竟生傲幸，痛抑其赏，逾年才授
右武卫郎将，灵佺患愤不食死。

⑪大武军：即大同军。在代州雁门郡北。子将：军
　将。唐制每军有大将一人，子将八人。

⑫特勒回鹘（hú）：回鹘又称回纥，其先为铁勒部
　落之一，特勒是其别称。

太行路　借夫妇以讽君臣之不终也

　　太行山之路，以难行著称，常用来比喻世路难
行。此诗以夫妇喻君臣，感慨于君恩难恃、为臣不
得善终，从一个方面揭露了唐代政局的险恶和专制
统治的弊端。但诗的前半部分描写妇女色衰见弃，
同样是社会写实，与《妇人苦》等篇所揭示的主题
相通。

　　太行之路能摧车，若比人心是坦途。
　　巫峡之水能覆舟①，若比人心是安流。
　　人心好恶苦不常，好生毛羽恶生疮②。
　　与君结发未五载，岂期牛女为参商③。
　　古称色衰相弃背④，当时美人犹怨悔。
　　何况如今鸾镜中⑤，妾颜未改君心改。
　　为君熏衣裳，君闻兰麝不馨香⑥。

为君盛容饰，君看金翠无颜色。

行路难，难重陈。

人生莫作妇人身，百年苦乐由他人。

行路难，难于山，险于水。

不独人间夫与妻，近代君臣亦如此。

君不见左纳言⑦，右内史⑧，朝承恩，暮赐死。

行路难，不在水，不在山，只在人情反复间。

①巫峡：长江三峡之一，以水流湍急难以行舟著称。

②好生毛羽：张衡《西京赋》："所好生毛羽，所恶成创痏。"形容主观好恶不定。

③牛女：牛郎星、织女星。据《续齐谐记》记载：桂阳城武丁，有仙道，常在人间。忽谓其弟曰："七月七日，织女当渡河，诸仙悉还宫。吾向以被召，不得停，与尔别矣。"弟问曰："织女何事渡河去？当何还？"答曰："织女暂诣牵牛，吾复三年当还。"明日失武丁。故民间传说织女嫁牵牛。参（shēn）商：参宿、商宿。《左传·昭公元年》载：昔高辛氏有二子，伯曰阏伯，季曰实沈，居于旷林，不相能也，日寻干戈，以相征讨。帝迁阏伯于商丘，主祀辰星，即商宿。迁实沈于大夏，主祀参宿。参、商二星此出彼没，永不同现，以

喻人事乖隔。曹植《种葛篇》:"昔为同池鱼，今若商与参。"

④色衰:《史记·吕不韦列传》:"吾闻之，以色事人者，色衰而爱弛。"

⑤鸾镜:古有孤鸾映镜睹形而悲鸣之传说，故于镜背雕饰以鸾鸟图案。

⑥兰麝(shè):兰与麝香，均为香料。

⑦左纳言:即侍中，门下省长官。隋及唐初名纳言，武则天时改东台左相，又改纳言，玄宗时又改左相。

⑧右内史:即中书令，中书省长官。隋名内书令，唐初名内史令，武则天时改西台右相，玄宗时改右相。

道州民　美臣遇明主也

　　道州，今湖南道县。《旧唐书·阳城传》:"道州土地产民多矮，每年常配乡户贡其男，号为'矮奴'。城不平其以良为贱，又悯其编甿岁有离异之苦，乃抗疏论而免之，自是乃停其贡，民皆赖之，无不泣荷。"此篇写道州罢贡矮民之事，"美"阳城之贤和德宗之明，但其实从反面揭露了专制贡奉制度的荒谬不仁。

道州民，多侏儒，长者不过三尺馀。

市作矮奴年进送，号为道州任土贡①。

任土贡，宁若斯？

不闻使人生别离，老翁哭孙母哭儿。

一自阳城来守郡②，不进矮奴频诏问。

城云臣按六典书③，任土贡有不贡无。

道州水土所生者，只有矮民无矮奴。

吾君感悟玺书下，岁贡矮奴宜悉罢。

道州民，老者幼者何欣欣。

父兄子弟始相保，从此得作良人身④。

道州民，民到于今受其赐，欲说使君先下泪。

仍恐儿孙忘使君，生男多以阳为字⑤。

①任土贡：地方向朝廷贡奉土产。《尚书·禹贡》：
　　"禹别九州，随山浚川，任土作贡。"

②阳城：参见《寄唐生》注⑥。

③六典：《唐六典》，唐朝典章制度的汇总，玄宗时
　　李林甫等人编纂。《唐六典》卷三户部郎中员外
　　郎："郎中、员外郎，掌领天下州县户口之事，凡
　　天下十道，任土所出而为贡赋之差。"并载有诸
　　州土贡种类数额。

④良人：良民，平民。区别于奴婢或有人身依附关
　　系的蕃户、杂户身份。《旧唐书·职官志》都官郎

中："凡公私良贱，必周知之。凡反逆相坐，没其家为官奴婢。一免为番户，再免为杂户，三免为良人，皆因赦宥所及则免之。年六十及废疾，虽赦令不该，亦并免为蕃户，七十则免为良人。"

⑤以阳为字：《新唐书·阳城传》："州产㑊儒，岁贡诸朝，城哀其生离，无所进。帝使求之，城奏曰：'州民尽短，若以贡，不知何者可供。'自是罢。州人感之，以'阳'名子。"按，《后汉书·任延传》："骆越之民无嫁娶礼法，各因淫好，无适对匹，不识父子之性，夫妇之道。延乃移书属县，各使男年二十至五十，女年十五至四十，皆以年齿相配。其贫无礼娉，令长吏以下各省奉禄以赈助之。同时相娶者二千馀人。是岁风雨顺节，谷稼丰衍。其产子者，始知种姓，咸曰：'使我有是子者，任君也。'多名子为'任'。"白诗盖用此典故。《新唐书》记事则据白诗。

缚戎人　达穷民之情也

此诗为李绅、元稹《新题乐府》原题。诗中主人公陷蕃为囚、逃归被虏的悲惨经历，反映了中唐时期民族冲突加剧情况下边地人民的特殊遭遇。元、白二人虽选择同一题材和故事，但元诗更为强调"思汉"主题，白诗则突出主人公"汉心汉语吐蕃身”的悲剧命运，写得更为动人。

缚戎人[1]，缚戎人，耳穿面破驱入秦。
天子矜怜不忍杀，诏徙东南吴与越。
黄衣小使录姓名[2]，领出长安乘递行[3]。
身被金疮面多瘠[4]，扶病徒行日一驿[5]。
朝餐饥渴费杯盘，夜卧腥臊污床席。
忽逢江水忆交河[6]，垂手齐声呜咽歌。
其中一虏语诸虏，尔苦非多我苦多。
同伴行人因借问，欲说喉中气愤愤。
自云乡管本凉原[7]，大历年中没落蕃。
一落蕃中四十载，遣著皮裘系毛带。
唯许正朝服汉仪[8]，敛衣整巾潜泪垂。
誓心密定归乡计，不使蕃中妻子知。

有李如暹者，蓬子将军之子也。尝没蕃中，自
云：蕃法，唯正岁一日，许唐人之没者服唐衣冠。
由是悲不自胜，遂密定归计也。

暗思幸有残筋力，更恐年衰归不得。
蕃候严兵鸟不飞[9]，脱身冒死奔逃归。
昼伏宵行经大漠，云阴月黑风沙恶。
惊藏青冢寒草疏[10]，偷渡黄河夜冰薄。
忽闻汉军鼙鼓声[11]，路傍走出再拜迎。
游骑不听能汉语，将军遂缚作蕃生。
配向江南卑湿地，定无存恤空防备[12]。

念此吞声仰诉天，若为辛苦度残年⑬？
凉原乡井不得见，胡地妻儿虚弃捐。
没蕃被囚思汉土，归汉被劫为蕃虏。
早知如此悔归来，两地宁如一处苦？
缚戎人，戎人之中我苦辛。
自古此冤应未有，汉心汉语吐蕃身。

① 戎：古代对西部游牧民族的称呼。元稹《缚戎
　　人》诗题下注："近制，西边每擒蕃囚，例皆传至
　　南方，不加剿戮。故李君作歌以讽焉。"韩愈《武
　　关西逢配流吐蕃》："嗟尔戎人莫惨然，湖南地
　　近保生全。"可知当时将蕃囚配流南方是通常的
　　做法。
② 黄衣小使：唐代流外官、胥吏通服黄。《旧唐
　　书·职官志》："朝议郎已下，黄衣执笏，于吏部
　　分番上下承使及亲驱使，甚为猥贱。"
③ 乘递：即乘驿，由驿站给车马以行。
④ 金疮：刀枪伤。
⑤ 驿：驿站。两驿之间的路程为一驿。
⑥ 交河：汉车师前国所治地，河水分流绕城下，故
　　号交河。唐于河西道西州中都督府置交河郡，在
　　今新疆吐鲁番。其地于贞元年间陷吐蕃。据元稹
　　诗，主人公之父曾为安西北庭都护府边军，故白
　　诗连言及交河。

⑦凉原：凉州、原州，治所在今甘肃武威和平凉。
　代宗广德年间陷于吐蕃，在大历之前。白诗笼统
　言之。

⑧正朝：一年之始为正，正朝即正月一日。张说
　《正朝摘梅》："蜀地寒犹暖，正朝发早梅。"

⑨蕃候：蕃境候骑，巡逻骑兵。

⑩青冢：汉王昭君墓，在今内蒙古呼和浩特南。诗
　意乃泛引。

⑪鼙鼓：见《长恨歌》注⑬。

⑫存恤：慰问照料。

⑬若为：如何。

红线毯　忧蚕桑之费也

　　此诗揭露地方官于赋税之外再加贡奉、加重人
民负担的弊政，对统治者提出告诫。红线毯，《新唐
书·地理志》记宣州土贡有"丝头红毯"，是一种
珍贵的丝织品。

　　红线毯，择茧缲丝清水煮①，
　　拣丝练线红蓝染②。
　　染为红线红于蓝，织作披香殿上毯③。
　　披香殿广十丈馀，红线织成可殿铺④。
　　彩丝茸茸香拂拂，线软花虚不胜物。

美人踏上歌舞来，罗袜绣鞋随步没。

太原毯涩毳缕硬⑤，蜀都褥薄锦花冷⑥。

不如此毯温且柔，年年十月来宣州⑦。

宣城太守加样织⑧，自谓为臣能竭力。

百夫同担进宫中，线厚丝多卷不得。

宣城太守知不知？一丈毯，千两丝。

地不知寒人要暖，少夺人衣作地衣⑨。

　　贞元中，宣州进开样加丝毯。

①缫丝：见《重赋》注⑩。

②红蓝：红蓝花，可作染料和胭脂。

③披香殿：汉宫殿名。唐高祖亦造披香殿，在庆善
　宫，见《唐会要》卷三十。

④可：遍，满。

⑤太原：今山西太原。毳（cuì）：兽皮之细毛。此
　指以羊毛织成之毯。

⑥蜀都：指成都。蜀地出锦。

⑦宣州：今安徽宣城。

⑧加样：增加新的花样。样，样式。

⑨地衣：即地毯。

杜陵叟　伤农夫之困也

　　此诗描写了长安附近一家农户的生活遭遇。杜

陵叟一家虽有一顷薄田，但一旦遇到水旱天灾，再加上横征暴敛，便无力抵御灾害，生活陷入困境。这种状况代表了广大农民的处境。杜陵，秦为杜县，汉宣帝葬此，改为杜陵，唐属万年县，在今西安市东南。

杜陵叟，杜陵居，岁种薄田一顷馀①。
三月无雨旱风起，麦苗不秀多黄死②。
九月降霜秋早寒，禾穗未熟皆青干。
长吏明知不申破③，急敛暴征求考课④。
典桑卖地纳官租⑤，明年衣食将何如？
剥我身上帛，夺我口中粟。
虐人害物即豺狼，何必钩爪锯牙食人肉⑥。
不知何人奏皇帝，帝心恻隐知人弊⑦。
白麻纸上书德音⑧，京畿尽放今年税⑨。
昨日里胥方到门⑩，手持敕牒榜乡村⑪。
十家租税九家毕，虚受吾君蠲免恩⑫。

①一顷：百亩为一顷。唐初授田丁男、中男给田一顷，至中唐世业、口分田之制虽已破坏，但一般自耕农占田仍在一顷上下。

②秀：农作物扬花。

③长吏：长官，指县令、丞等。申破：呈报。

④考课：官员政绩考核。唐制每年进行一次，录当

年功过行能，议其优劣。

⑤典：抵押。

⑥钩爪锯牙：指野兽。左思《吴都赋》："乌菟之族，
犀兕之党，钩爪锯牙，自成锋颖。"

⑦恻隐：怜悯。《孟子·公孙丑上》："恻隐之心，仁
之端也。"人弊：即民弊。唐避太宗讳，常以人
代民。

⑧白麻纸：唐代凡遇国家大事，以白麻纸书写诏诰。
《新唐书·百官志》："凡拜免将相，号令征伐，皆
用白麻。"德音：恩诏。唐代用于赈灾、赦免等
事的诏书称德音。

⑨京畿（jī）：京城附近地区。唐设京畿采访使，管
辖长安附近四十馀县。

⑩里胥：见《重赋》注⑪。

⑪敕牒：皇帝所下的敕书之一。《新唐书·百官志》
中书省："七曰敕牒，随事承制，不易于旧则用
之。"榜：张贴。

⑫蠲（juān）免：免除。

缭绫　念女工之劳也

　　此诗亦揭露唐代的贡奉弊端，诗中更为细致地
描写了织女辛苦劳作的生活，将"寒女"与"宫姬"
两种不同人物的命运进行鲜明的对比。

缭绫缭绫何所似①？不似罗绡与纨绮②。
应似天台山上月明前③，四十五尺瀑布泉。
中有文章又奇绝，地铺白烟花簇雪。
织者何人衣者谁？越溪寒女汉宫姬。
去年中使宣口敕④，天上取样人间织。
织为云外秋雁行，染作江南春水色。
广裁衫袖长制裙，金斗熨波刀剪纹⑤。
异彩奇文相隐映⑥，转侧看花花不定⑦。
昭阳舞人恩正深⑧，春衣一对直千金⑨。
汗沾粉污不再着，曳土踏泥无惜心。
缭绫织成费功绩，莫比寻常缯与帛⑩。
丝细缲多女手疼，扎扎千声不盈尺⑪。
昭阳殿里歌舞人，若见织时应也惜。

①缭绫：绫为高级丝织品，缭绫则采用一种特殊丝织
方法。《旧唐书·敬宗纪》长庆四年九月："诏浙西
织造可幅盘绦缭绫一千匹。观察使李德裕上表论
谏，不奉诏，乃罢之。"元稹《织妇词》："缲丝
织帛犹努力，变缉缭机苦难织。东家头白双女儿，
为解挑纹嫁不得。"可知当时吴越之地生产此种
极费工力的精美丝织品。
②罗绡（xiāo）、纨绮（wán qí）：均为丝织品。
③天台山：在今浙江天台，有别岫名瀑布山，"瀑布

悬流，千丈飞泻，远望如布"。(《太平寰宇记》
卷九八)

④中使：由皇帝派往各地充任使命的宦官。口敕：
　口头旨意。

⑤金斗：铜制熨斗。波、纹：指织品的花纹。

⑥隐映：映照，烘托。

⑦转侧：翻转方向。

⑧昭阳：昭阳殿，汉宫殿。汉成帝皇后赵飞燕居昭
　阳殿。

⑨一对：一副，一套。

⑩缯、帛：泛指一般丝织品。

⑪扎扎：同"札札"，机杼声。《古诗十九首》："纤
　纤擢素手，札札弄机杼。"

卖炭翁　苦宫市也①

　　此诗揭露抨击了掠夺性的"宫市"弊政。材料
取自真实事件，作者对其做了必要的改动，使人物
形象更具代表性。

　　卖炭翁，伐薪烧炭南山中②。
　　满面尘灰烟火色，两鬓苍苍十指黑。
　　卖炭得钱何所营？身上衣裳口中食。
　　可怜身上衣正单，心忧炭贱愿天寒。

夜来城外一尺雪，晓驾炭车辗冰辙。
牛困人饥日已高，市南门外泥中歇。
翩翩两骑来是谁？黄衣使者白衫儿③。
手把文书口称敕，回车叱牛牵向北④。
一车炭，千余斤，宫使驱将惜不得⑤。
半匹红纱一丈绫，系向牛头充炭直⑥。

①宫市：宫中市买货物。韩愈《顺宗实录》卷二：
"旧事，宫中有要，市外物，令官吏主之，与人
为市，随给其直。贞元末，以宦者为使，抑买人
物，稍不如本估。末年不复行文书，置白望数百
人于两市并要闹坊，阅人所卖物，但称宫市，即
敛手付与，真伪不复可辨，无敢问所从来，其论
价之高下者，率用百钱物买人直数千钱物，仍索
进奉门户并脚价钱。将物诣市，至有空手而归者。
名为宫市，而实夺之。尝有农夫以驴负柴至城
卖，遇宦者称宫市取之，才与绢数尺。又就索门
户，仍邀以驴送至内。农夫涕泣，以所得绢付之，
不肯受。曰：'须汝驴送柴至内。'农夫曰：'我有
父母妻子，待此然后食。今以柴与汝，不取直而
归，汝尚不肯，我有死而已。'遂殴宦者，街吏
擒以闻。诏黜此宦者，而赐农夫绢十匹，然宫市
亦不为之改易。"此诗即是根据这个真实事件改
写的。

②南山：终南山。在长安南。

③黄衣使者：指宦官。白衫儿：即《顺宗实录》所
　　称为宦官充当"白望"的市井游民。白衫，平民
　　所服。

④牵向北：长安皇宫在北，市在南，故牵牛向北。

⑤宫使：宫内使者，指宦官。驱将：驱赶。将，语
　　助词，接动词后。

⑥直：同"值"，价钱。《唐会要》卷八六："贞元以
　　后，京都多中官市物于廛肆，谓之宫市。不持文
　　牒，口含敕命，皆以盐估不中衣服、绢帛杂红紫
　　之物，倍高其估，尺寸裂以酬价。"盐估即折价
　　为丝织品的盐铁收入，在上交度支、宫禁使用时
　　虚估（抬高）其价，宫内又以此虚估之绢帛支付
　　所购物，以致"率用百钱物买人直数千钱物"。

母别子　刺新间旧也①

　　此诗揭露抨击了贵族男子喜新厌旧的恶劣行
径，表达了作者对妇女命运的同情。但诗序所谓
"刺新间旧也"，还可能含有一定的政治寓意，具体
解释也有所分歧。

　　母别子，子别母，白日无光哭声苦。
　　关西骠骑大将军②，去年破虏新策勋③。

敕赐金钱二百万，洛阳迎得如花人④。
新人迎来旧人弃，掌上莲花眼中刺。
迎新弃旧未足悲，悲在君家留两儿。
一始扶行一初坐，坐啼行哭牵人衣。
以汝夫妇新燕婉⑤，使我母子生别离。
不如林中乌与鹊，母不失雏雄伴雌。
应似园中桃李树，花落随风子在枝。
新人新人听我语，洛阳无限红楼女。
但愿将军重立功，更有新人胜于汝。

①新间旧：《左传·隐公三年》："且夫贱妨贵，少陵
　长，远间亲，新间旧，小加大，淫破义，所谓六
　逆也。"此序所谓"新间旧"，也是指基本的社会
　伦理秩序，不仅指一般的喜新厌旧。

②关西：函谷关以西。《后汉书·虞诩传》："谚曰：
　关西出将，关东出相。"故后人称将常泛言"关
　西"。骠骑大将军：唐代武散官中最高一级，此
　处亦是泛言。

③策勋：书勋劳于策。《左传·桓公二年》："凡公
　行，告于宗庙；反行，饮至、舍爵、策勋焉，礼
　也。"

④如花人：指娼女。沈约《洛阳道》："洛阳大道中，
　佳丽实无比。燕裙傍日开，赵带随风靡。"

⑤燕婉：形容夫妻恩爱。《诗经·邶风·新台》："燕

婉之求，簜篴不鲜。"

陵园妾　怜幽闭也①

此诗描写了陵园妾的悲惨生活，对皇权专制下极不人道的配陵制度予以揭露抨击。

陵园妾②，颜色如花命如叶。
命如叶薄将奈何？一奉寝宫年月多③。
年月多，春愁秋思知何限？
青丝发落丛鬘疏④，红玉肤销系裙缦。
忆昔宫中被妒猜，因谗得罪配陵来。
老母啼呼趁车别⑤，中官监送锁门回⑥。
山宫一闭无开日，未死此身不令出。
松门到晓月徘徊⑦，柏城尽日风萧瑟⑧。
松门柏城幽闭深，闻蝉听燕感光阴。
眼看菊蕊重阳泪⑨，手把梨花寒食心⑩。
把花掩泪无人见，绿芜墙绕青苔院。
四季徒支妆粉钱，三朝不识君王面⑪。
遥想六宫奉至尊，宣徽雪夜浴堂春⑫。
雨露之恩不及者⑬，犹闻不啻三千人⑭。
三千人，我尔君恩何厚薄！
愿令轮转直陵园，三岁一来均苦乐。

①幽闭：指后宫女子被囚禁。

②陵园妾：《资治通鉴》唐文宗大中十二年二月胡三省注引宋白说："凡诸帝升遐，宫人无子者悉遣诣山陵供奉朝夕，具盥栉，治衾枕，事死如事生。"杜甫《桥陵诗》："宫女晚知曙，祠官朝见星。空梁簇画戟，阴井敲铜瓶。"韩愈《丰陵行》："设官置卫锁嫔妓，供养朝夕象平居。"均记载了唐代帝王去世后以宫女守陵之事。

③寝宫：此指帝王陵寝。

④丛鬓：一种女子发式。元稹《追昔游》："醉摘樱桃投小玉，懒梳丛鬓舞曹婆。"

⑤趁：追赶。

⑥中官：宦官。

⑦松门：指墓地，植松为门。

⑧柏城：皇帝陵寝，种柏环绕如城。张籍《拜丰陵》："寒更报点来山殿，晓炬分行照柏城。"

⑨重阳：重阳节，在农历九月九日。

⑩寒食：古代节令之一，在冬至后一百另五日，俗禁举火。

⑪三朝：正月一日，为一年岁、月、日之始。

⑫宣徽、浴堂：宣徽殿、浴堂殿，均在长安大明宫。

⑬雨露之恩：皇帝的恩泽。

⑭不啻（chì）：几乎是。

盐商妇 恶幸人也①

唐自安史之乱后实行榷盐，官府以榷价粜盐与商人，商人加价粜与百姓。白居易在《策林》二十三《议盐法之弊·论盐商之幸》中指出："自关以东，上农大贾，易其资产，入为盐商。率皆多藏私财，别营稗贩，少出官利，唯求隶名。居无征徭，行无榷税。身则庇于盐籍，利尽入于私室。"此诗描写盐商的富奢生活，站在儒家传统的重农立场上，同样对这种现象提出批评。

盐商妇，多金帛，不事田农与蚕绩②。
南北东西不失家，风水为乡船作宅③。
本是扬州小家女④，嫁得西江大商客⑤。
绿鬟富去金钗多，皓腕肥来银钏窄。
前呼苍头后叱婢⑥，问尔因何得如此？
婿作盐商十五年，不属州县属天子⑦。
每年盐利入官时，少入官家多入私。
官家利薄私家厚，盐铁尚书远不知⑧。
何况江头鱼米贱，红鲙黄橙香稻饭。
饱食浓妆倚柁楼⑨，两朵红腮花欲绽。
盐商妇，有幸嫁盐商。
终朝美饭食，终岁好衣裳。
好衣美食有来处，亦须惭愧桑弘羊⑩。

桑弘羊，死已久，不独汉时今亦有。

①幸人：侥幸之人，指以不正当手段获取利益者。

②蚕绩：养蚕纺织。

③船作宅：《唐国史补》卷下："舟船之盛，尽于江
　　西……江湖语云：水不载万。言大船不过八九千
　　石。然则大历、贞元间有俞大娘，航船最大。居
　　者养生，送死嫁娶，悉在其间。开巷为圃，操驾
　　之工数百。南至江西，北至淮南，岁一往来，其
　　利甚博。此则不啻载万也。洪、鄂之水居颇多，
　　与邑殆相半。凡大船必为富商所有，奏商声乐，
　　从婢仆，以据柂楼之下。"可见当时商船的规模。

④扬州：今属江苏。唐代为经济繁荣之都会，商贾
　　云集。唐设盐铁转运使于此，掌管东南盐利。

⑤西江：长江下游江以西今江西北部、安徽南部一带。

⑥苍头：苍头奴。《汉书·鲍宣传》颜师古注："汉
　　名奴为苍头，非纯黑（指裹头颜色），以别于良人
　　也。"

⑦属天子：盐商不以土地为生，户籍不属州县，属
　　中央盐铁机关。

⑧盐铁尚书：指盐铁使。唐肃宗以后设置，属尚书
　　省，通常以六部尚书或侍郎担任，有时也由宰相
　　兼任，掌管盐铁转运、税收。

⑨柂楼：即船楼。

⑩桑弘羊：汉武帝时任治粟都尉，领大农，实行平
　准之法，由大农在各郡国设丞，控制全国物价，
　贵则卖之，贱则买之，使私商无所获利。

井底引银瓶　止淫奔也①

　　此诗以"止淫奔"为主题，对当时的男女偷情
私恋提出告戒。但此诗的内容与作者《长相思》等
作品所写的自己早年的恋爱经历实际相关，只不过
作者从道德立场对此进行反省和劝戒，同时对女方
的不幸也表示了深切的同情。元代白朴曾据此故事
创作了杂剧《墙头马上》。

　　井底引银瓶，银瓶欲上丝绳绝。
　　石上磨玉簪，玉簪欲成中央折。
　　瓶沉簪折知奈何，似妾今朝与君别。
　　忆昔在家为女时，人言举动有殊姿。
　　婵娟两鬓秋蝉翼，宛转双蛾远山色②。
　　笑随戏伴后园中，此时与君未相识。
　　妾弄青梅凭短墙，君骑白马傍垂杨③。
　　墙头马上遥相顾，一见知君即断肠。
　　知君断肠共君语，君指南山松柏树④。
　　感君松柏化为心，暗合双鬟逐君去⑤。
　　到君家舍五六年，君家大人频有言。

聘则为妻奔是妾⑥，不堪主祀奉蘋蘩⑦。

终知君家不可住，其奈出门无去处。

岂无父母在高堂⑧，亦有亲情满故乡⑨。

潜来更不通消息，今日悲羞归不得。

为君一日恩，误妾百年身。

寄言痴小人家女，慎勿将身轻许人。

① 淫奔：女子与男子非礼结合，被称为淫奔。《诗经·鄘风·蝃蝀》序："《蝃蝀》，止奔也。卫文公能以道化其民，淫奔之耻，国人不齿也。"

② 双蛾：指女子的双眉。《西京杂记》卷二："文君姣好，眉色如望远山。"

③ 妾弄青梅凭短墙，君骑白马傍垂杨：李白《长干行》："妾发初覆额，折花门前剧。郎骑竹马来，绕床弄青梅。"李诗写两小无猜，白诗写青年男女相恋，二句本李诗而变化。

④ 君指南山松柏树：此句谓指松柏为誓。《吴声歌曲·子夜歌·冬歌》："我心如松柏，君情复何似。"

⑤ 暗合双鬟：女子未出嫁时梳双鬟，结婚时合双鬟为一。刘孝威《和定襄侯初笄诗》："合鬟仍昔发，略鬓即前丝。从今一梳罢，无复更萦时。"张籍《邻妇哭征夫》："双鬟初合便分离，万里征夫不得随。"

⑥聘则为妻奔是妾：《礼记·内则》："聘则为妻，奔
　则为妾，不必有罪。"

⑦蘋蘩：两种水草，由夫人采之以供祭祀。《诗
　经·召南·采蘩》序："《采蘩》，夫人不失职
　也。夫人可以奉祭祀，则不失职矣。"《采蘋》序：
　"《采蘋》，大夫妻能循法度也。能循法度，则可
　以承先祖共祭祀矣。"

⑧高堂：父母所居。《论衡·薄葬》："亲之生也，坐
　之高堂之上；其死也，葬之黄泉之下。"

⑨亲情：亲戚。《太平广记》卷一八四《汝州衣冠》：
　"有汝州参军亦令族内，于一家求亲，其家不肯
　曰：'某家不共轩冕家作亲情。'"

天可度　恶诈人也

　　此诗序所谓"诈人"，是指官僚阶层中的阴险
奸诈之辈。诗人从一个侧面揭露了专制政体下政治
运作的黑暗和人性的恶劣。

　　天可度，地可量，唯有人心不可防。
　　但见丹诚赤如血，谁知伪言巧似簧①。
　　劝君掩鼻君莫掩②，使君夫妇为参商③。
　　劝君掇蜂君莫掇④，使君父子成豺狼。
　　海底鱼今天上鸟，高可射兮深可钓。

唯有人心相对时，咫尺之间不能料。
君不见，李义府之辈笑欣欣⑤，
笑中有刀潜杀人。
阴阳神变皆可测⑥，不测人间笑是瞋⑦。

①巧似簧：《诗经·小雅·巧言》："巧言如簧，颜之
　厚矣。"

②掩鼻：《战国策·楚策四》："魏王遗楚王美人，楚王
　悦之。夫人郑袖知王之说新人也，甚爱新人，衣服
　玩好，择其所喜而为之。宫室卧具，择其所善而为
　之……郑袖知王以己为不妒也，因谓新人曰：'王
　爱子美矣。虽然，恶子之鼻。子为见王，则必掩子
　鼻。'新人见王，因掩其鼻。王谓郑袖曰：'夫新人
　见寡人，则掩其鼻，何也？'郑袖曰：'妾知也。'
　王曰：'虽恶，必言之。'郑袖曰：'其似恶闻王之臭
　也。'王曰：'悍哉！'令劓之，无使逆命。"

③参商：见《太行路》注③。

④掇（duō）蜂：《琴操·履霜操》载：尹吉甫为周
　上卿，有子伯奇。伯奇母死，吉甫更娶后妻，生
　子曰伯封。后妻谮伯奇于吉甫曰："伯奇见妾有美
　色，然有欲心。"吉甫曰："伯奇为人慈仁，岂有
　此也？"妻曰："试置妾空房中，君登楼而察之。"
　其妻知伯奇仁孝，乃取毒蜂缀衣领，令伯奇掇之，
　伯奇前持之。吉甫大怒，放伯奇于野。周宣王出

游，吉甫从之。伯奇乃作歌，以言感之于宣王。宣王闻之曰："此孝子之辞也。"吉甫乃求伯奇于野而感悟，遂射杀后妻。

⑤李义府：唐高宗时官至宰相。《旧唐书·李义府传》："义府貌状温恭，与人语必嬉怡微笑，而褊忌阴贼。既处权要，欲人附己，微忤意者，辄加倾陷。故时人言义府笑中有刀。"

⑥阴阳神变：《周易·系辞上》："通变之谓事，阴阳不测之谓神。"

⑦瞋（chēn）：同"嗔"，发怒。

秦吉了　哀冤民也

　　此诗采用寓言形式，以凤凰喻君，以鸢、乌喻朝中邪恶势力，以鸡、燕喻冤民，以秦吉了喻谏官，要求谏官尽到言事之责，言民之冤苦，救政之弊端。

秦吉了①，出南中，彩毛青黑花颈红。
耳听心慧舌端巧，鸟语人言无不通。
昨日长爪鸢②，今朝大嘴乌。
鸢捎乳燕一窠覆，乌啄母鸡双眼枯。
鸡号堕地燕惊去，然后拾卵攫其雏。
岂无雕与鹗③，嗉中肉饱不肯搏④。

亦有鸢鹤群，闲立飔高如不闻。

秦吉了，人云尔是能言鸟，岂不见鸡燕
之冤苦？

吾闻凤凰百鸟主⑤，尔竟不为凤凰之前致
一言，

安用噪噪闲言语！

①秦吉了：又称吉了，产岭南，似鹳鸰而稍大，善
　效人言。
②鸢（yuān）：老鹰。
③雕：大型猛禽。鹗（è）：俗称鱼鹰。
④嗉（sù）：嗉囊，俗称嗉子，鸟的消化器官。
⑤百鸟主：《大戴礼记·易本命》："有羽之虫
　三百六十，而凤皇为之长。"

采诗官　鉴前王乱亡之由也

　　此诗将传说中的采诗制度作为理想，慨叹于十
代以来采诗制废，总结了《新乐府》创作的宗旨，
表达了以歌诗为讽刺的坚定理想和热情。

采诗官①，采诗听歌导人言。
言者无罪闻者诫②，下流上通上下泰。
周灭秦兴至隋氏，十代采诗官不置③。

郊庙登歌赞君美④，乐府艳词悦君意⑤。
若求兴谕规刺言⑥，万句千章无一字。
始从章句无规刺，渐及朝廷绝讽议。
诤臣杜口为冗员⑦，谏鼓高悬作虚器⑧。
一人负扆常端默⑨，百辟入门两自媚⑩。
夕郎所贺皆德音⑪，春官每奏唯祥瑞⑫。
君之堂兮千里远，君之门兮九重閟⑬。
君耳唯闻堂上言，君眼不见门前事。
贪吏害民无所忌，奸臣蔽君无所畏。
君不见，厉王胡亥之末年⑭，群臣有利君
无利。
君兮君兮愿听此，欲开壅蔽达人情，
先向歌诗求讽刺。

①采诗官：传说周代实行采诗制度，用以观风俗，察
　得失。《汉书·食货志》："孟春之月，群居者将散，
　行人振木铎徇于路以采诗，献之大师，比其音律，
　以闻于天子。"又《艺文志》："故古有采诗之官，
　王者所以观风俗，知得失，自考正也。"
②言者无罪：《毛诗序》："故诗有六义焉：一曰风，二
　曰赋，三曰比，四曰兴，五曰雅，六曰颂。上以风
　化下，下以风刺上，主文而谲谏，言之者无罪，闻
　之者足以戒，故曰风。"
③十代：指秦、汉、魏、晋、宋、齐、梁、陈、隋、

唐十代。

④郊庙：郊指祭天，庙指祖庙，为祭祖之处。登歌：
　祭祀时演唱的歌曲。《周礼·春官·大师》："祭
　祀，帅瞽登歌，令奏击拊。"郑玄注："郑司农云：
　登歌，歌者在堂也。"

⑤乐府：汉代设立的音乐机构，所采集的乐曲歌词
　也称为乐府。汉以后历代采集的乐府歌词，有不
　少内容涉及艳情。

⑥兴谕：比兴托谕。

⑦诤臣：谏官，包括谏议大夫、左右拾遗、左右补
　阙等。

⑧谏鼓：《管子·桓公问》："禹立谏鼓于朝，而备讯
　唉。汤有总街之庭，而观人诽也。"后代朝廷也
　设登闻鼓，鸣冤者可击此鼓。

⑨一人负扆（yǐ）：指宰臣。《淮南子·齐俗训》：
　"周公践东宫，履乘石，摄天子之位，负扆而朝诸
　侯。"扆为户牖之间。端默：缄默。《隋书·音乐
　志》食举乐辞："当阳端默，垂拱无为。"

⑩百辟：百官。《诗经·大雅·假乐》："百辟卿士，媚
　于天子。"

⑪夕郎：《艺文类聚》卷四八引《汉旧仪》："黄门郎
　属黄门令，日暮入对青琐门拜，名曰夕郎。"唐
　称给事中为夕郎，属门下省，掌称扬德泽，褒美
　功荣。

⑫春官：礼部尚书，武则天时曾改称春官尚书。礼部掌礼仪祭享贡举，也负责报告祥瑞。

⑬九重：《楚辞·九辩》："岂不郁陶而思君兮，君之门以九重。"閟（bì）：闭门。

⑭厉王：周厉王。《国语·周语上》载，厉王虐，国人谤王。邵公告王曰："民不堪命矣。"王怒，得卫巫，使监谤者，以告，则杀之。国人莫敢言，道路以目。王喜，告邵公曰："吾能弥谤矣，乃不敢言。"邵公曰："是障之也。防民之口，甚于防川……"王不听，于是国莫敢出言，三年，乃流王于彘。胡亥：秦二世。即位后为赵高所蒙蔽，深居宫中，不与群臣见面，后为赵高所杀。

重到渭上旧居

　　白氏旧居在下邽县紫兰村，渭水北岸。元和六年（811），白居易为母守丧，退居下邽。此诗追思往日，感伤故游，表达了人生易逝的感叹。编入感伤诗。

　　　　旧居清渭曲，开门当蔡渡①。
　　　　十年方一还，几欲迷归路。
　　　　追思昔日行，感伤故游处。
　　　　插柳作高林，种桃成老树。

因惊成人者，尽是旧童孺。
试问旧老人，半为绕村墓。
浮生同过客②，前后递来去。
白日如弄珠③，出没光不住。
人物日改变，举目悲所遇。
回念念我身，安得不衰暮？
朱颜销不歇，白发生无数。
唯有门外山，三峰色如故。

①蔡渡：在渭河南岸，与紫兰村隔河相望。渡以汉
　孝子蔡顺得名。
②浮生：言人生不定。《庄子·刻意》："其生若浮，
　其死若休。"过客：喻人生短暂。王羲之《兰亭
　诗》："造真探玄根，涉世若过客。"
③弄珠：形容日行之速。

纳粟

　　退居下邽作。杜甫《自京赴奉先县咏怀五百
字》诗云："生常免租税，名不隶征伐。"白居易的
家庭并不享有这种特权，所以在守丧离职期间还须
纳税完租。此诗描写了自己的亲身经历，表达了内
愧自责之情。编入讽谕诗。

有吏夜扣门，高声催纳粟。

家人不待晓，场上张灯烛。

扬簸净如珠[①]，一车三十斛[②]。

犹忧纳不中[③]，鞭责及僮仆[④]。

昔余缪从事[⑤]，内愧才不足。

连授四命官[⑥]，坐尸十年禄[⑦]。

常闻古人语，损益周必复[⑧]。

今日谅甘心，还他太仓谷[⑨]。

①扬簸：扬去糠秕。《诗经·小雅·大东》："维南有箕，不可以簸扬。"

②斛（hú）：十斗为一斛。

③不中（zhòng）：不合要求。

④鞭责：指唐代的笞、杖之刑。《唐律疏议》卷十三："诸部内输课税之物，违期不充者，以十分论，一分笞四十，一分加一等。户主不充者，笞四十。"

⑤缪（miù）：错缪。此为谦词。从事：指从政为官。

⑥四命官：授官称命官。白居易贞元十九年授秘书省校书郎、元和元年授盩厔尉、元和三年除左拾遗充翰林学士、元和五年改京兆府户曹参军，四次授官。

⑦坐尸十年禄：尸禄谓只食其禄，不尽其职。《汉

书·鲍宣传》："以苟容曲从为贤，以拱默尸禄为智。"

⑧损益：减损增益。《周易·损卦·象词》："损益盈虚，与时偕行。"复：还复。《史记·律书》："数始于一，终于十，成于三，气始于冬至，周而复始。"

⑨太仓：在长安，储藏赋税粟米。《唐六典》卷十九太仓署令职掌："凡京官之禄，发京仓以给。"居易在官时由太仓支取禄米，此时纳粟于太仓，故诗云"还他太仓谷"。

慈乌夜啼

元和六年（811）退居下邽作。白母逝世于本年，居易对母亲的感情极为深厚。此诗为寓言体，借咏慈乌表达了对慈母的深情。编入讽谕诗。

慈乌失其母①，哑哑吐哀音。
昼夜不飞去，经年守故林。
夜夜夜半啼，闻者为沾襟。
声中如告诉，未尽反哺心。
百鸟岂无母，尔独哀怨深。
应是母慈重，使尔悲不任。
昔有吴起者，母殁丧不临②。

嗟哉斯徒辈，其心不如禽。
慈乌复慈乌，鸟中之曾参③。

①慈乌：传说乌反哺其母，为至孝之鸟，故称慈乌。
②吴起：战国时人。《史记·孙子吴起列传》载，
　吴起者，卫人也。好用兵，尝学于曾子，事鲁
　君……与其母诀，啮臂而盟曰："起不为卿相，不
　复入卫。"遂事曾子。居顷之，其母死，起终不
　归。曾子薄之，而与起绝。
③曾参：孔子弟子。《史记·仲尼弟子列传》："曾
　参，南武城人，字子舆，少孔子四十六岁。孔
　子以为能通孝道，故授之业。作《孝经》，死于
　鲁。"

采地黄者

　　退居渭上时期作。此诗描写了贫苦农民饥不果
腹的生活，与豪贵之家的"白面郎"形成鲜明对比。
编入讽谕诗。地黄，药用植物，属玄参科，根入
药。生长安地区川泽黄土地者为佳。

麦死春不雨，禾损秋早霜。
岁晏无口食①，田中采地黄。
采之将何用，持以易糇粮②。

凌晨荷插去③，薄暮不盈筐。
携来朱门家④，卖与白面郎⑤。
与君啖肥马⑥，可使照地光。
愿易马残粟，救此苦饥肠。

①岁晏：岁终。
②糇（hóu）粮：干粮。《左传·宣公十一年》："略
　基趾，具糇粮。"
③插：同"臿"，又作"锸"，用以插地起土。《郑
　白渠歌》："举臿为云，决渠为雨。"
④朱门：富贵之家以朱漆门。
⑤白面郎：富贵公子。陈羽《公子行》："金羁白面
　郎，何处踏青来。"
⑥啖（dàn）：喂食。

村居苦寒

　　元和八年（813）作，时作者仍退居渭上。诗
中描写了贫民在苦寒之日的艰难生活，与自己的处
境相对照，表达了自愧之情。编入讽谕诗。

八年十二月，五日雪纷纷。
竹柏皆冻死①，况彼无衣民。
回观村闾间②，十室八九贫。

北风利如剑，布絮不蔽身。

唯烧蒿棘火，愁坐夜待晨。

乃知大寒岁，农者尤苦辛。

顾我当此日，草堂深掩门。

褐裘覆绝被③，坐卧有馀温。

幸免饥冻苦，又无陇亩勤。

念彼深可愧，自问是何人？

①竹柏皆冻死：竹柏经冬不凋，竹柏冻死属罕见的
寒冬。《后汉书·桓帝纪》："（延熹九年）冬十二
月，洛城傍竹柏枯伤。"王楙《野客丛书》卷
二三："乐天诗有记年月日者，于以见当时之气
令，亦足以裨史之阙……诗曰：'八年十二月，五
日雪纷纷。竹柏皆冻死，况彼无衣民。'又见元
和八年十二月五日大雪寒冻，民不聊生如此。仆
按东汉延熹间大寒，洛阳竹柏冻死，襄楷曰：'闻
之师曰，柏伤竹槁，不出三年，天子当之。'乐
天此说，正所以记异也。"

②村闾（lú）：乡村，村巷。闾，里巷之门。

③褐裘：布面裘皮外衣。王建《花褐裘》："对织芭
蕉雪毳心，长缝双袖窄裁身。到头须向边城著，
消杀秋风称猎尘。"此为女性所服，故织有花样。
绝（shī）：粗绸。

新制布裘

　　退居渭上时期作。诗人借歌咏一件普通的布裘，念及无数寒人，表达了儒者兼济天下的志向。编入讽谕诗。

> 桂布白似雪①，吴绵软于云②。
> 布重绵且厚，为裘有馀温。
> 朝拥坐至暮，夜覆眠达晨。
> 谁知严冬月，支体暖如春。
> 中夕忽有念③，抚裘起逡巡④。
> 丈夫贵兼济，岂独善一身⑤？
> 安得万里裘，盖裹周四垠。
> 稳暖皆如我，天下无寒人。

①桂布：唐代桂管地区（今广西桂林一带）生长吉贝木，以其絮织成布，质地厚实柔软，当时颇著名。

②吴绵：泛指淮南、江南地区所产丝绵。

③中夕：夜半。

④逡（qūn）巡：迟疑。

⑤兼济、独善：《孟子·尽心》："穷则独善其身，达则兼善天下。"后人引用常作"兼济"。

秋游原上

退居渭上时期作。诗中表现了农村人情纯朴、闲散自得的生活，表达了作者对田园生活的留恋。编入闲适诗。

　　七月行已半，早凉天气清。
　　清晨起巾栉①，徐步出柴荆②。
　　露杖笻竹冷③，风襟越蕉轻④。
　　闲携弟侄辈，同上秋原行。
　　新枣未全赤，晚瓜有馀馨⑤。
　　依依田家叟，设此相逢迎。
　　自我到此村，住来白发生⑥。
　　村中相识久，老幼皆有情。
　　留连向暮归，树树风蝉声。
　　是时新雨足，禾黍夹道青。
　　见此令人饱，何必待西成⑦？

①巾：头巾。栉（zhì）：梳头。
②柴荆：柴门。农家以柴荆编门。
③笻（qióng）竹：竹名，产于蜀地邛山。
④越蕉：细葛布，制衣轻爽。
⑤馀馨（xīn）：馀香。
⑥住来：来为语助词，表示自……以来。

⑦西成：秋收。《尚书·尧典》："寅饯纳日，平秩西成。"古以秋属西方。

观稼

退居渭上时期作。诗中表现了作者对农作生活的深入了解和对农民的尊敬。编入闲适诗。

世役不我牵①，身心常自若②。
晚出看田亩，闲行旁村落。
累累绕场稼，唶唶群飞雀③。
年丰岂独人，禽鸟声亦乐。
田翁逢我喜，默起具樽杓。
敛手笑相延，社酒有残酌④。
愧兹勤且敬，藜杖为淹泊⑤。
言动任天真，未觉农人恶。
停杯问生事，夫种妻儿获。
筋力苦疲劳，衣食长单薄。
自惭禄仕者，曾不营农作。
饱食无所劳，何殊卫人鹤⑥？

①世役：此指作官。
②自若：自得，自在。
③唶唶（zé）：鸟雀鸣声。

④社酒：社祭之酒。古代于春秋社日举行祭社（土
　地神）仪式，饮酒聚会。残：剩。
⑤淹泊：停留。
⑥卫人鹤：《左传·闵公二年》："卫懿公好鹤，鹤有
　乘轩者。将战，国人受甲者皆曰：'使鹤。鹤实有
　禄位，余焉能战！'卫师败绩。"

暮立

　　退居渭上时期作。诗中表现了秋季黄昏之时诗
人的寂寞悲苦心情。

　　黄昏独立佛堂前，满地槐花满树蝉。
　　大抵四时心总苦①，就中肠断是秋天。

①四时：四季。

村夜

　　退居渭上时期作。诗人用简练的笔触描绘了一
幅乡村夜景。

　　霜草苍苍虫切切①，村南村北行人绝。
　　独出前门望野田，月明荞麦花如雪。

①切切：轻微的叫声。

酬张十八访宿见赠

　　张籍是当时著名诗人，与王建同以乐府诗著称，号张王乐府。元和九年（814）冬，作者入朝拜太子左赞善大夫。此诗描写了此时与诗人张籍的交往，表现了两人相交以道义的亲密友情。编入闲适诗。张籍字文昌，行十八，时为太常寺太祝。迁国子博士、水部员外郎、主客郎中、国子司业。

　　　　昔我为近臣，君常稀到门。
　　　　今我官职冷①，唯君来往频。
　　　　我受狷介性，立为顽拙身。
　　　　平生虽寡合，合即无缁磷②。
　　　　况君秉高义，富贵视如云③。
　　　　五侯三相家④，眼冷不见君。
　　　　问其所与游，独言韩舍人⑤。
　　　　其次即及我，我愧非其伦。
　　　　胡为谬相爱，岁晚逾勤勤？
　　　　落然颓檐下⑥，一话夜达晨。
　　　　床单食味薄，亦不嫌我贫。
　　　　日高上马去，相顾犹逡巡。

长安久无雨，日赤风昏昏。
怜君将病眼，为我犯埃尘。
远从延康里⑦，来访曲江滨⑧。
所重君子道，不独愧相亲。

①官职冷：赞善大夫为太子东宫属官，掌传令、讽
　过等事，属闲冷官职。

②磷：磨损。缁：染黑。《论语·阳货》："不曰坚
　乎，磨而不磷；不曰白乎，涅而不缁。"

③富贵视如云：《论语·述而》："不义而富且贵，于
　我如浮云。"

④五侯三相：泛指权贵之家。汉成帝时帝舅大司马
　王凤用事，弟谭等五人赐爵关内侯。是为五侯。
　晋武帝后父杨骏及弟珧、济并位三公，势倾天下。

⑤韩舍人：韩愈，字退之。时任考功郎中，知制诰。
　舍人，中书舍人。唐人知制诰亦得称舍人。

⑥落然：空落，无着落。

⑦延康里：延康坊，长安坊名。

⑧曲江：曲江池，在长安升道坊南，其水典折，为著
　名风景区。时居易住长安昭国坊，靠近曲江水道。

初授赞善大夫早朝寄李二十助教

　　李绅字公垂，行二十。时任国子助教。李绅善

诗，作《新题乐府》，元稹、白居易相继属和。元
和九年（814）为赞善大夫时作。此诗描写了早朝
生活，表现了居官闲冷的寂寞与无聊。

　　病身初谒青宫日[1]，衰貌新垂白发年。
　　寂寞曹司非熟地，萧条风雪是寒天。
　　远坊早起常侵鼓，瘦马行迟苦费鞭。
　　一种共君官职冷[2]，不如犹得日高眠。

①青宫：太子东宫。
②一种：一样，同样。赞善大夫官五品，虽职属闲
　冷，但属常参官，须早起上朝。

重伤小女子

　　此诗为元和十年（815）为悼念亡女金銮子而
作，写出了一个父亲对爱女的所有思念。小女子，
即金銮子，生于元和四年，卒于元和六年，未满三
岁。此诗为数年后作，故题为"重伤"。

　　学人言语凭床行，嫩似花房脆似琼。
　　才知恩爱迎三岁，未辨东西过一生。
　　汝异下殇应杀礼[1]，吾非上圣讵忘情[2]？
　　伤心自叹鸠巢拙[3]，长堕春雏养不成。

①下殇（shāng）：《仪礼·丧服》郑玄注："年十九至十六为长殇，十五至十二为中殇，十一至八岁为下殇，不满八岁以下皆为无服之殇。无服之殇以日易月，以日易月之殇，殇而无服。故子生三月则父名之，死则哭之，未名则不哭也。"金銮子未满三岁，属无服之殇，丧礼从杀减。

②忘情：《世说新语·伤逝》："王戎丧儿万子，山简往省之，王悲不自胜。简曰：'孩抱中物，何至于此？'王曰：'圣人忘情，最下不及情。情之所钟，正在我辈。'"

③鸠巢：传说鸠不善营巢，取鸟巢居之。《禽经》："鸠拙而安。"张华注："《方言》云：蜀谓拙鸟，不善营巢，取鸟巢居之，虽拙而安处也。"

燕子楼并序

　　元和十年（815）作，共三首。盼盼事后衍为小说，见于《丽情集》和《绿窗新话》，与居易诗序所叙出入颇大。如称《燕子楼》三首原诗为盼盼所作，居易在和作三首外又赠盼盼一绝，盼盼和作一绝，有"舍人不会人深意，讶道泉台不去随"之句，旬日不食而卒，均出于改窜附会。此诗与序相配合，一唱三叹，哀惋动人，所以引起后代读者很大兴趣，生发出新的情节。

　　徐州故张尚书有爱妓曰盼盼①，善歌舞，雅多风态。予为校书郎时②，游徐、泗间③。张尚书宴予，酒酣，出盼盼以佐欢，欢甚。予因赠诗云："醉娇胜不得，风袅牡丹花。"一欢而去，迩后绝不相闻，迨兹仅一纪矣④。昨日，司勋员外郎张仲素缋之访予⑤，因吟新诗，有《燕子楼》三首，词甚婉丽。诘其由，为盼盼作也。缋之从事武宁军累年⑥，颇知盼盼始末，云："尚书既殁，归葬东洛。而彭城有张氏旧第⑦，第中有小楼，名燕子。盼盼念旧爱而不嫁，居是楼十馀年，幽独块然，于今尚在。"予爱缋之新咏，感彭城旧游，因同其题，作三绝句。

其一

满窗明月满帘霜，被冷灯残拂卧床。
燕子楼中霜月夜，秋来只为一人长。

①张尚书：《丽情集》《唐诗纪事》谓为张建封，误。张建封卒于贞元十六年（800），且其官为司空。与诗序所叙不合。尚书为建封子张愔。张建封为徐泗濠节度使，卒后愔授留后，进武宁军节度使，召为工部尚书。卒于元和二年（807）。盼盼：明郎瑛

《七修类稿》称盼盼姓关，或说姓许。不足据。

②予为校书郎：白居易授秘书省校书郎在贞元十九
　年（803）。

③徐、泗：徐州、泗州（今江苏盱眙）。

④仅：将及。一纪：十二年。

⑤张仲素：字绘之，官至中书舍人。张仲素原作
　《燕子楼》诗三首，见于《丽情集》《唐诗纪事》
　（其中一首已见于《才调集》），但被附会为盼盼
　所作。其诗云："楼上残灯伴晓霜，独眠人起合欢
　床。相思一夜情多少，地角天涯不是长。"（其
　一）"北邙松柏锁愁烟，燕子楼人思悄然。自埋
　剑履歌尘散，红袖香消已十年。"（其二）"适看
　鸿雁岳阳回，又睹玄禽逼社来。瑶琴玉箫无意绪，
　任从蛛网任从灰。"（其三）

⑥武宁军：武宁军节度使，治徐州，管徐、泗、濠、
　宿四州。

⑦彭城：即徐州。

其二

钿晕罗衫色似烟，几回欲著即潸然①。
自从不舞霓裳曲，叠在空箱十一年。

①潸（shān）然：泪流貌。

其三

今春有客洛阳回，曾到尚书墓上来。
见说白杨堪作柱①，争教红粉不成灰②？

①白杨：古多于墓间植白杨。
②争教：怎教。红粉：代指女子。

初贬官过望秦岭

　　元和十年（815），两河藩镇叛乱，派遣刺客在长安刺杀宰相武元衡。白居易出于义愤，上疏请捕贼，反遭恶言陷害，贬江州司马。此诗为贬官途中作，忧思愤懑，溢于言外。望秦岭，即秦岭山，在商州（今属陕西）。居易贬江州，取道商州，赴襄汉。

草草辞家忧后事，迟迟去国问前途。
望秦岭上回头立，无限秋风吹白须。

襄阳舟夜

　　赴江州途中作。此诗为六句仄韵律体，抒写了旅途中的愁思。襄阳，今属湖北，在汉水南岸。

下马襄阳郭，移舟汉阴驿[1]。
秋风截江起[2]，寒浪连天白。
本是多愁人，复此风波夕。

[1]汉阴驿：汉阴故城在襄州谷城县（今湖北谷城）
　北。
[2]截江：拦江。

读李杜诗集因题卷后

　　赴江州途中作。诗中歌颂了李白、杜甫诗歌的
伟大成就，感叹他们动荡流离的遭遇，同时寄寓了
自己的理想和对现实处境的愤慨。

翰林江左日[1]，员外剑南时[2]。
不得高官职，仍逢苦乱离。
暮年逋客恨[3]，浮世谪仙悲[4]。
吟咏流千古，声名动四夷[5]。
文场供秀句[6]，乐府待新辞[7]。
天意君须会，人间要好诗。

[1]翰林：李白于天宝初年奉诏入京，任翰林供奉。
　晚年流落宣城一带，安史之乱暴发后入永王璘幕。

永王璘事败，李白被捕下狱，后长流夜郎。江左：
江东，长江下游东南岸。

②员外：杜甫在安史之乱后入川，授检校工部员外
郎。剑南：四川北有剑阁，故称剑南。

③逋（bū）客：流亡之人。

④浮世：人世。谪仙：被贬谪的仙人。《本事诗·高
逸》：“李太白初自蜀至京师，舍于逆旅。贺监知
章闻其名，首访之。既奇其姿，复请所为文。出
《蜀道难》以示之。读未竟，称叹者数四，号为谪
仙，解金龟换酒，与倾尽醉。”

⑤四夷：夷是古代对外族的通称，四夷指边疆地区。

⑥文场：唐代特指科场作文。

⑦乐府：合乐演唱的歌词均可称乐府。《松窗杂录》
载：开元中，禁中初种牡丹，移植于兴庆池东沉
香亭前。会花方繁开，玄宗乘月夜召太真妃以步
辇从，诏梨园弟子中尤者，李龟年歌擅一时之名，
手捧檀板，押众乐前欲歌之。玄宗曰：“赏名花，
对妃子，焉用旧乐词为？”命龟年持金花笺宣赐
翰林学士李白，进《清平调》词三章。白承诏旨，
犹苦宿醒未解，因援笔赋之。又杜甫作《兵车行》
《丽人行》等乐府诗，皆即事名篇，后李绅、元稹
效其作《新题乐府》。

放言并序

　　赴江州途中作，共五首。诗人在这五首诗中旁征博引，借古喻今，感慨于世事无常、真伪混淆，表现了自己在身经贬谪之后由深感迷茫而对现实提出强烈质疑。

　　元九在江陵时[①]，有《放言》长句诗五首[②]，韵高而体律，意古而词新。予每咏之，甚觉有味，虽前辈深于诗者，未有此作。唯李颀有云："济水至清河自浊，周公大圣接舆狂[③]。"斯句近之矣。予出佐浔阳[④]，未届所任，舟中多暇，江上独吟，因缀五篇，以续其意耳。

其一

朝真暮伪何人辨，古往今来底事无[⑤]？
但爱臧生能诈圣[⑥]，可知宁子解佯愚[⑦]？
草萤有耀终非火，荷露虽团岂是珠？
不取燔柴兼照乘[⑧]，可怜光彩亦何殊？

①元九：元稹。元稹有《放言五首》。
②长句诗：七言诗。
③李颀（qí）：唐玄宗时诗人。所引诗见李颀《杂

兴》。

④浔（xún）阳：江州浔阳郡，今江西九江。

⑤底事：何事。

⑥臧生：鲁臧武仲多智，时人目之为圣，然不容于鲁国。见《左传·襄公二十二年》《二十三年》。

⑦宁子：宁武子。《论语·公冶长》："子曰：宁武子，邦有道，则知（智）；邦无道，则愚。其知可及也，其愚不可及也。"集解："孔曰：佯愚似实，故曰不可及也。"

⑧燔（fán）柴：烧柴。兼：及。照乘：照乘之珠，言明亮。《史记·田敬仲完世家》："梁王曰：'若寡人国小也，尚有径寸之珠照车前后各十二乘者十枚，奈何以万乘之国而无宝乎？'"

其二

世途倚伏都无定①，尘网牵缠卒未休②。
祸福回还车转毂③，荣枯反复手藏钩④。
龟灵未免刳肠患⑤，马失应无折足忧⑥。
不信君看弈棋者⑦，输赢须待局终头。

①倚伏：《老子》五十八章："祸兮福之所倚，福兮祸之所伏。"

②尘网：尘世，缠缚如网。陶渊明《归园田居五

首》："少无适俗韵，性本爱丘山。误落尘网中，
一去三十年。"

③毂（gǔ）：车轮中心的圆木，连接车辐，中间穿
车轴。

④藏钩：藏钩之戏。一钩藏在数手中，赌猜为胜。

⑤龟灵：古人以龟占卜。《庄子·外物》："宋元君夜
半而梦人被发窥阿门曰：'予自宰路之渊，予为清
江使河伯之所，渔者余且得予。'元君觉，使人
占之，曰：'此神龟也。'……龟至，君再欲杀之，
再欲活之，心疑，卜之，曰：'杀龟以卜，吉。'
乃刳龟，七十二钻而无遗策。仲尼曰：'神龟能见
梦于元君，而不能避余且之网；知能七十二钻而
无遗策，不能避刳肠之患。如是，则知有所困，
神有所不及也。'"刳（kū），剖开。

⑥马失：《淮南子·人间训》："近塞上之人有善术者，
马无故亡而入胡，人皆吊之。其父曰：'此何遽不
为福乎？'居数月，其马将胡骏马而归，人皆贺
之。其父曰：'此何遽不能为祸乎？'家富良马，
其子好骑，堕而折其髀，人皆吊之。其父曰：'此
何遽不为福乎？'居一年，胡人大入塞，丁壮者引
弦而战，近塞之人，死者十九，此独以跛之故，父
子相保。"

⑦弈（yì）棋：下棋。

其三

赠君一法决狐疑①，不用钻龟与祝蓍②。
试玉要烧三日满③，辨材须待七年期④。
真玉烧三日不热。豫章木生七年而后知。
周公恐惧流言后⑤，王莽谦恭未篡时⑥。
向使当初身便死⑦，一生真伪复谁知？

① 狐疑：狐性多疑，故称狐疑。
② 钻龟：古代卜法用龟，钻之或灼之，观其纹路以
　 卜吉凶。祝蓍（shī）：筮法用蓍，以蓍草排列计
　 算，预测事物变化。
③ 试玉：《淮南子·俶真训》："譬若钟山之玉，炊
　 以炉炭，三日三夜而色泽不变，则至德天地之精
　 也。"
④ 辨材：《淮南子·修务训》："楩、柟、豫章之生也，
　 七年而后知，故可以为棺舟。"
⑤ 周公：周公旦。周武王弟。成王年幼，周公摄政，
　 管叔、蔡叔作流言以诬之。周公避居于东。成王
　 悔悟，迎周公归。见《史记·鲁周公世家》。
⑥ 王莽：汉孝元皇后之侄。初时伪为谦退，颇得人
　 望，秉国政。后篡汉自立，国号新。
⑦ 向使：假如。

其四

谁家第宅成还破，何处亲宾哭复歌？
昨日屋头堪炙手①，今朝门外好张罗②。
北邙未省留闲地③，东海何曾有定波④？
莫笑贱贫夸富贵，共成枯骨两如何？

①炙（zhì）手：热手。崔颢《长安道》："莫言炙手
　手可热，须臾火尽灰亦灭。"
②张罗：《史记·汲郑列传》："始翟公为廷尉，宾客
　阗门。及废，门外可设雀罗。翟公复为廷尉，宾
　客欲往，翟公乃大署其门曰：一死一生，乃知交
　情。一贫一富，乃知交态。一贵一贱，交情乃
　见。"
③北邙（máng）：邙山，在洛阳东北，汉魏以来为
　贵族葬地。
④东海：《神仙传》卷七："麻姑自说云：'接侍以来，
　已见东海三为桑田。向到蓬莱，水又浅于往者会
　时略半也。岂将复还为陵陆乎？'方平笑曰：'圣
　人皆言，海中复扬尘也。'"

其五

泰山不要欺毫末，颜子无心羡老彭①。

松树千年终是朽，槿花一日自为荣②。
何须恋世常忧死，亦莫嫌身漫厌生。
生去死来都是幻，幻人哀乐系何情？

①颜子：颜回，孔子弟子。《论语·先进》："季康子
　问：'弟子孰为好学？'孔子对曰：'有颜回者好
　学，不幸短命死矣，今也则亡。'"老彭：彭祖。
　《庄子·齐物论》："天下莫大于秋毫之末，而太山
　为小；莫寿乎殇子，而彭祖为夭。"
②槿（jǐn）花：木槿，其花朝开夕凋。

舟中读元九诗

　　赴江州途中作。二十八字中表达了对挚友的深
情厚意，耐人寻味。元九，元稹。

把君诗卷灯前读，诗尽灯残天未明。
眼痛灭灯犹暗坐，逆风吹浪打船声。

江楼闻砧

　　江州时期作。诗中写闻砧望月，表达了对故乡
的思念。编入感伤诗。闻砧（zhēn），谓听到捣衣
声。砧为捣衣石。

江人授衣晚①，十月始闻砧。
一夕高楼月，万里故园心。

①授衣：授寒衣。《诗经·豳风·七月》："七月流火，
九月授衣。"

夜雪

江州时期作。夜雪无声，然而诗人通过"衾枕冷""窗明"和"折竹声"而写出雪之重，表达了谪居之中的寂寞心情。编入感伤诗。

已讶衾枕冷，复见窗户明。
夜深知雪重，时闻折竹声。

寄行简

江州时期作。诗中表达了对兄弟的真切思念。编入感伤诗。行简：居易弟白行简。当时在剑南东川节度使卢坦幕下任职。

郁郁眉多敛，默默口寡言。
岂是愿如此，举目谁与欢？

去春尔西征，从事巴蜀间。
今春我南谪，抱疾江海壖①。
相去六千里，地绝天邈然。
十书九不达，何以开忧颜？
渴人多梦饮，饥人多梦餐。
春来梦何处？合眼到东川②。

①壖（ruán）：河边地。此指江州，临长江。
②东川：唐剑南东川节度使，治梓州（今四川三
　台）。

谪居

　　元和十年（815）在江州作。诗中以草木遭时
荣悴来比喻自己的贬谪弃置，表达了愤懑不平之
意。

面瘦头斑四十四，远谪江州为郡吏。
逢时弃置从不才①，未老衰羸为何事②？
火烧寒涧松为烬，霜降春林花委地。
遭时荣悴一时间，岂是昭昭上天意③？

①逢时：生逢圣明之时。从：听从，任从。
②衰羸（léi）：衰弱。

③昭昭：明辨。《礼记·中庸》："今夫天，斯昭昭
之多。"

偶然

江州时期作，共二首。这两首诗分别引用历史
人物遭遇和自然现象，表达了对世事偶然难料的感
叹，反映了诗人在遭受政治打击后的迷茫苦闷。

其一

楚怀邪乱灵均直①，放弃合宜何恻恻②？
汉文明圣贾生贤③，谪向长沙堪叹息。
人事多端何足怪，天文至信犹差忒④。
月离于毕合滂沱⑤，有时不雨谁能测？

①楚怀：楚怀王。在位期间，政治昏乱。听信谗言，
放逐屈原。灵均：屈原字灵均。

②放弃：放逐。恻恻：悲痛。

③汉文：汉文帝。在位时与民休养，国家安定。贾
生：贾谊。汉文帝时上疏建议革新政事，遭权贵
忌恨，贬长沙王太傅。

④差忒（tè）：差错。

⑤离：同"丽"，靠近。毕：二十八宿之一。古人

认为月属阴，毕宿是阴星，月行靠近毕宿为雨象。
《诗经·小雅·渐渐之石》："月离于毕，俾滂沱
矣。"毛传："毕，嚄也。月离阴星则雨。"

其二

火发城头鱼水里，救火竭池鱼失水[①]。
乖龙藏在牛领中[②]，雷击龙来牛枉死。
人道蓍神龟骨圣[③]，试卜鱼牛那至此？
六十四卦七十钻[④]，毕竟不能知所以。

[①]池鱼失水：《太平广记》卷四六六《池中鱼》（出
《风俗通》）："城门失火，殃及池鱼。旧说：池仲
鱼，人姓字也。居宋城门。城门失火，延及其家。
仲鱼烧死。又云：宋城门失火，人汲取池中水，
以沃灌之。池中空竭，鱼悉露死。喻恶之滋，并
伤良谨也。"

[②]乖龙：传说中的龙属动物。《太平广记》卷四二五
《郭彦郎》："世言乖龙苦于行雨，而多窜匿，为雷
神捕之。或在古木及楹柱之内。若旷野之间，无
处逃匿，即入牛角或牧童之身，往往为此物所累
而震死也。"

[③]蓍、龟：见《放言五首》之三注[②]。

[④]六十四卦：传说伏羲画八卦，周文王演为六十四

卦，成《易》。七十钻：七十二钻。见《放言五
首》之二注⑤。

题山石榴花

　　江州时期作。此诗为咏物体，前半刻画山石榴
花的形貌姿态，后半将蔷薇、菡萏等名花与之作对
比，借此寄寓了对世情的感叹。山石榴花，即杜鹃
花。

　　一丛千朵压栏干，翦碎红绡却作团。
　　风袅舞腰香不尽，露销妆脸泪新干。
　　蔷薇带刺攀应懒，菡萏生泥玩亦难①。
　　争及此花檐户下②，任人采弄尽人看③。

①菡萏（hàn dàn）：即荷花。
②争及：怎及。
③尽（jǐn）：任凭。

代春赠

　　江州时期作。此诗与次诗代春与诗人相问答，
表现了诗人对江州山水的欣赏和对帝京生活的思念。

山吐晴岚水放光[1]，辛夷花白柳梢黄[2]。
但知莫作江西意，风景何曾异帝乡[3]。

[1]晴岚（lán）：晴日下所见山中雾气。
[2]辛夷：一种香木。
[3]帝乡：帝都，指长安。

答春

草烟低重水花明，从道风光似帝京[1]。
其奈山猿江上叫，故乡无此断肠声。

[1]从：任从。

红藤杖　杖出南蛮[1]

江州时期作。红藤杖为诗人珍爱，从长安一直带到江州。诗人借咏藤杖表达了自己的思乡之情。红藤杖，又称赤藤杖、朱藤杖，产于云南，为唐时士人喜爱，屡见于歌咏。

南诏红藤杖[2]，西江白首人[3]。
时时携步月，处处把寻春。
劲健孤茎直，疏圆六节匀。

火山生处远④，泸水洗来新⑤。
粗细才盈手，高低仅过身。
天边望乡客，何日挂归秦？

①南蛮：对南方部族的称呼。
②南诏：据《旧唐书·南蛮传》，南诏为乌蛮别种，
　其先分六部，号六诏。开元时蒙舍诏皮阁罗统
　一六诏，建立政权，号大蒙。贞元间改号为南诏。
③西江：指长江中下游。
④火山：传说南方有火山。
⑤泸水：见《新丰折臂翁》注⑤。

风雨中寻李十一因题船上

　　江州时期作。诗中记述了冒雨寻访友人的经
过，最后写停杯看柳，对故乡的思念尽在不言之
中。李十一，李景信，作者的友人。

匹马来郊外，扁舟在水滨。
可怜冲雨客①，来访阻风人②。
小榼沽清醑③，行厨煮白鳞④。
停杯看柳色，各忆故园春。

①冲雨：冒雨。

②阻风：船为风阻，暂泊江边。

③榼（kē）：盛酒器。醑（xǔ）：美酒。

④行厨：出行时的临时厨设。

江楼早秋

　　江州时期作。诗中描写了南国秋景，山水宜人，流露出云泉隐居的念头。

　　　　南国虽多热，秋来亦不迟。
　　　　湖光朝霁后，竹气晚凉时。
　　　　楼阁宜佳客，江山入好诗。
　　　　清风水蘋叶，白露木兰枝。
　　　　欲作云泉计①，须营伏腊资②。
　　　　匡庐一步地③，官满更何之④？

①云泉计：指隐居生活。

②伏腊资：指隐居所需的生活费用。伏日、腊日，夏季与冬季的两个祭祀之日。潘岳《闲居赋》："灌园粥蔬，以供朝夕之膳；牧羊酤酪，以俟伏腊之费。"

③匡庐：庐山。

④官满：任职期满。

琵琶引 并序

诗题或据诗序作"琵琶行"。引、行，均为乐
曲名称，后用为乐府歌辞和歌行诗体的名称。元和
十一年（816）在江州作。此诗描写在江州因送客
江边与一出身倡女的商人妇偶遇，用大段篇幅描述
了她演奏的音乐，以及她自叙的身世遭遇，由此引
发诗人"同是天涯沦落人"的感叹。此诗结构完整，
叙事有序，语言优美流畅，对音乐的描写尤为精
采，是与《长恨歌》同样流传的名篇。编入感伤诗。

元和十年，予左迁九江郡司马①。明年秋，送
客湓浦口②，闻舟船中夜弹琵琶者。听其音，铮铮
然有京都声。问其人，本长安倡女，尝学琵琶于
穆、曹二善才③。年长色衰，委身为贾人妇。遂命
酒，使快弹数曲。曲罢悯默，自叙少小时欢乐事，
今漂沦憔悴，转徙于江湖间。予出官二年，恬然自
安。感斯人言，是夕始觉有迁谪意。因为长句歌以
赠之。凡六百一十六言，命曰《琵琶行》。

浔阳江头夜送客④，枫叶荻花秋索索⑤。
主人下马客在船，举酒欲饮无管弦。
醉不成欢惨将别，别时茫茫江浸月。

忽闻水上琵琶声，主人忘归客不发。
寻声暗问弹者谁？琵琶声停欲语迟。
移船相近邀相见，添酒回灯重开宴。
千呼万唤始出来，犹把琵琶半遮面。
转轴拨弦三两声，未成曲调先有情。
弦弦掩抑声声思⑥，似诉平生不得意。
低眉信手续续弹，说尽心中无限事。
轻拢慢捻抹复挑⑦，初为霓裳后绿腰⑧。
大弦嘈嘈如急雨，小弦切切如私语。
嘈嘈切切错杂弹，大珠小珠落玉盘。
间关莺语花底滑⑨，幽咽泉流冰下难⑩。
冰泉冷涩弦凝绝，凝绝不通声暂歇。
别有幽愁暗恨生，此时无声胜有声。
银瓶乍破水浆迸，铁骑突出刀枪鸣。
曲终收拨当心画，四弦一声如裂帛。
东舟西舫悄无言，唯见江心秋月白。
沉吟放拨插弦中，整顿衣裳起敛容⑪。
自言本是京城女，家在虾蟆陵下住⑫。
十三学得琵琶成，名属教坊第一部⑬。
曲罢曾教善才伏，妆成每被秋娘妒⑭。
五陵年少争缠头⑮，一曲红绡不知数。
钿头云篦击节碎⑯，血色罗裙翻酒污。
今年欢笑复明年，秋月春风等闲度。
弟走从军阿姨死，暮去朝来颜色故。

门前冷落鞍马稀，老大嫁作商人妇。
商人重利轻别离，前月浮梁买茶去⑰。
去来江口守空船⑱，绕船月明江水寒。
夜深忽梦少年事，梦啼妆泪红阑干⑲。
我闻琵琶已叹息，又闻此语重唧唧⑳。
同是天涯沦落人，相逢何必曾相识。
我从去年辞帝京，谪居卧病浔阳城。
浔阳小处无音乐，终岁不闻丝竹声。
住近湓江地低湿，黄芦苦竹绕宅生。
其间旦暮闻何物？杜鹃啼哭猿哀鸣㉑。
春江花朝秋月夜，往往取酒还独倾。
岂无山歌与村笛，呕哑嘲哳难为听㉒。
今夜闻君琵琶语，如听仙乐耳暂明。
莫辞更坐弹一曲，为君翻作琵琶行㉓。
感我此言良久立，却坐促弦弦转急。
凄凄不似向前声，满座重闻皆掩泣。
就中泣下谁最多？江州司马青衫湿㉔。

①左迁：古以左为卑，故谪官称左迁。九江郡：即
　江州。司马：州郡的武职佐吏，但在当时已成为
　一种名义职位，常用以安置被贬谪的官员。
②湓（pén）浦：湓水，源出瑞昌，至九江北入长
　江。
③穆、曹二善才：元稹《琵琶歌》："继之无乃在铁

山，铁山已近曹穆间。"原注："二善才姓。"李
绅《悲善才》序："顷在内庭日，别承恩顾，赐宴
曲江，敕善才等二十人备乐。自余经播迁，善才
已没。因追感前事，为悲善才。"诗云："东头弟
子曹善才，琵琶请进新翻曲。"穆、曹二人是当时
著名的琵琶艺人，"善才"可能是艺人的一种通名。

④浔阳江：即长江流经九江段。

⑤索索：风起草木摇落貌。客、索，陌韵、铎韵通
押。明刻本作"瑟瑟"，不合韵。

⑥掩抑：压抑，形容音乐起伏低昂。谢朓《咏琵琶
诗》："掩抑有奇态，凄锵多好声。"

⑦拢、捻：左手按弦的指法。抹、挑：右手用拨法。
《乐府杂录》卷上琵琶："次有裴兴奴，与纲同时。
曹纲善运拨，若风雨，而不事扣弦。兴奴长于拢
捻，指拨稍软。时人谓曹纲有右手，兴奴有左手。"

⑧霓裳：《霓裳羽衣曲》。见《长恨歌》注⑭。绿腰：
唐大曲名，又名《六幺》《乐世》《录要》。

⑨间关：鸟鸣声。李孝贞《听百舌鸟诗》："好鸟从
西苑，流响入南宫。间关既多绪，变转复无穷。"

⑩幽咽：水流声。《梁鼓角横吹曲·陇头歌词》："陇
头流水，鸣声幽咽。"

⑪敛容：使神情庄重。

⑫虾蟆陵：在长安万年县南。《唐国史补》卷下："旧
说董仲舒墓门，人过皆下马，故谓之下马陵。后

语讹为虾蟆陵。"

⑬教坊：唐代所设教习音乐的机构，有内教坊和左、右教坊。第一部：教坊内乐人分别部曹，第一部为最优秀者。《太平广记》卷一五六《崔洁》："崔公大惊曰：'何处得人斫鲙？'陈君曰：'但假刀砧之类，当有第一部乐人来。'俄顷，紫衣三四人至亭子游看……诘之，乃梨园第一部乐徒也……忽有使人呼曰：'驾幸龙首池，唤第一部音声。'"

⑭秋娘：长安名倡。元稹《赠吕三校书》："共占花园争赵辟，竞添钱贯定秋娘。"白居易《和元九与吕二同宿话旧感赠》："闻道秋娘犹且在，至今时复问微之。"

⑮五陵：汉代的五座帝陵：长陵、安陵、阳陵、茂陵、平陵，汉徙豪贵居其间。缠头：锦缠头，用以赠乐舞者。

⑯钿头云篦（bì）：此指用金宝镶嵌的篦形发饰。篦，篦子，用以梳头。

⑰浮梁：今属江西，唐时为茶叶的重要产地。

⑱去来：去后。来，表示……以后，……以来。

⑲梦啼：梦中哭泣。妆泪：泪水和着妆粉。阑干：纵横貌。

⑳唧唧：叹息声。

㉑杜鹃：杜鹃鸟，又名子规。啼声凄苦。

㉒呕哑：形容声音沙哑。嘲哳（zhāo zhā）：同

"喝唽"，形容声音繁杂细琐。

㉓翻：作曲或为旧曲填词均称为翻。

㉔青衫：唐制服色不视职事官，视阶官之品。州司
马为职官五品，但白居易当时的阶官为将仕郎九
品，所以服青衫。

西楼

　　元和十一年（816）在江州作。诗人登楼远眺，
对家乡阻隔、战乱不止深感忧虑。

> 小郡大江边，危楼夕照前①。
> 青芜卑湿地，白露沉寥天②。
> 乡国此时阻，家书何处传？
> 仍闻陈蔡戍③，转战已三年。

①危楼：高楼。

②沉（xuè）寥：空旷清朗。

③陈、蔡：陈州、蔡州，今河南淮阳、汝南。元和
九年淮西吴元济叛乱，朝廷派军进剿，至元和
十二年方始平定。陈州、蔡州是当时作战前线。

香炉峰下新置草堂即事咏怀题于石上

　　诗人在江州期间曾于庐山修建草堂，作《草堂记》，在此有修炼之举。此诗描写草堂的环境布置，表达了亲近自然、傲然意足的心情。编入闲适诗。

香炉峰北面①，遗爱寺西偏②。
白石何凿凿，清流亦潺潺。
有松数十株，有竹千馀竿。
松张翠伞盖，竹倚青琅玕③。
其下无人居，惜哉多岁年。
有时聚猿鸟，终日空风烟。
时有沉冥子④，姓白字乐天。
平生无所好，见此心依然⑤。
如获终老地，忽乎不知还。
架岩结茅宇，劚壑开茶园⑥。
何以洗我耳？屋头落飞泉。
何以净我眼？砌下生白莲。
左手携一壶，右手挈五弦⑦。
傲然意自足，箕踞于其间⑧。
兴酣仰天歌，歌中聊寄言。
言我本野夫，误为世网牵。
时来昔捧日⑨，老去今归山。
倦鸟得茂树，涸鱼反清源⑩。
舍此欲焉往，人间多险艰。

①香炉峰：在庐山山北。

②遗爱寺：在香炉峰北。

③琅玕（láng gān）：原指石似玉者，后用以形容竹。

④沉冥子：有幽深志趣的人。

⑤依然：眷恋。

⑥劚（zhú）：掘地。

⑦五弦：琴。

⑧箕踞：伸两足而坐，若箕状，傲慢之态。

⑨捧日：指在朝为官。《三国志·魏书·程昱传》裴注引《魏书》："昱少时常梦上泰山，两手捧日。昱私异之，以语荀彧。及兖州反，赖昱得完三城。于是彧以昱梦白太祖。太祖曰：'卿当终为吾腹心。'昱本名立，太祖乃加其上'日'，更名昱也。"

⑩涸（hé）鱼：《庄子·外物》载：庄周看到车辙中有鲋鱼，对庄周说："我东海之波臣也，君岂有升斗之水而活我哉？"庾信《拟咏怀》："涸鲋常思水，惊羽每思林。"

登香炉峰顶

江州时期作。诗中描写了攀登香炉峰的过程以及登高远望的感想，用笔平实，写生如画，不事夸张，白诗正以此见长。编入闲适诗。

迢迢香炉峰，心存耳目想①。
终年牵物役②，今日方一往。
攀萝蹋危石，手足劳俯仰。
同游三四人，两人不敢上。
上到峰之顶，目眩神恍恍③。
高低有万寻，阔狭无数丈。
不穷视听界，焉识宇宙广。
江水细如绳，湓城小于掌④。
纷吾何屑屑⑤，未能脱尘鞅⑥。
归去思自嗟，低头入蚁壤⑦。

① 心存：即心想。存、想义同。
② 物役：为事物所累。此指作官。《荀子·正名》：
　"夫是之谓以己为物役矣。"
③ 神恍恍：神情恍惚。
④ 湓城：即浔阳城。
⑤ 屑屑：琐细，微小。
⑥ 尘鞅（yàng）：尘世之羁绊。鞅，套马的皮带。
　刘长卿《游四窗》："对此脱尘鞅，顿忘荣与辱。"
⑦ 蚁壤：蚁穴之壤，喻人世。鲍照《代君子有所
　思》："蚁壤漏山河，丝泪毁金骨。"

小池

　　江州时期作，共二首。诗中描写了小池清景，表达了诗人寻求闲适的心情。编入闲适诗。

其一

昼倦前斋热，晚爱小池清。
映林馀景没，近水微凉生。
坐把蒲葵扇①，闲吟三两声。

①蒲葵扇：以蒲葵为扇，取其轻便。《吴声歌曲·团扇郎歌》："团扇薄不摇，窈窕摇蒲葵。"

其二

有意不在大，湛湛方丈馀①。
荷侧泻清露，萍开见游鱼。
每一临此坐，忆归青溪居②。

①湛湛：水清澈貌。
②青溪：水名，在建康（今江苏南京）附近。此为泛指。

弄龟罗

　　元和十三年（818）作于江州。诗中描写了对幼女、侄儿的爱怜之情，不禁想到自己已人老年衰，一方面用佛教思想来说明恩爱是导致忧恼的原因，另一方面又强调谁也难以逃脱这种人之常情。诗人就很善于表达这种人之常情。编入闲适诗。

> 有侄始六岁，字之为阿龟[①]。
> 有女生三年，其名曰罗儿[②]。
> 一始学笑语，一能诵歌诗。
> 朝戏抱我足，夜眠枕我衣。
> 汝生何其晚，我年行已衰。
> 物情小可念，人意老多慈。
> 酒美竟须坏[③]，月圆终有亏。
> 亦如恩爱缘[④]，乃是忧恼资。
> 举世同此累，吾安能去之。

①阿龟：又称龟儿，居易弟行简之子。
②罗儿：又称罗子，生于元和十一年。
③竟须：终须。
④恩爱缘：佛教认为人间种种恩爱是导致烦恼的缘由，去除恩爱，才能逃离烦恼得解脱。

孟夏思渭村旧居寄舍弟

江州时期作。诗中回忆了渭村的田园生活，表达了对兄弟的思念和谪居生活的苦闷。编入感伤诗。孟夏，初夏，农历四月。舍弟，指居易弟白行简。

啧啧雀引雏①，梢梢笋成竹。
时物感人情，忆我故乡曲。
故园渭水上，十载事樵牧。
手种榆柳成，阴阴覆墙屋。
兔隐豆苗大，鸟鸣桑椹熟。
前年当此时，与尔同游瞩②。
诗书课弟侄③，农圃资僮仆④。
日暮麦登场，天晴蚕折簇⑤。
弄泉南涧坐，待月东亭宿。
兴发饮数杯，闷来棋一局。
一朝忽分散，万里仍羁束。
井鲋思返泉⑥，笼莺悔出谷⑦。
九江地卑湿，四月天炎燠⑧。
苦雨初入梅⑨，瘴云稍含毒。
泥秧水畦稻，灰种畲田粟⑩。
已讶殊岁时，仍嗟异风俗。
闲登郡楼望，日落江山绿。
归雁拂乡心，平湖断人目。

殊方我漂泊，旧里君幽独。
何时同一瓢⑪？饮水心亦足⑫。

①喷喷（zé）：鸟雀鸣声。引雏：唤雏。

②游瞩：游览。

③课：学习功课。这里是使动用法。

④资：交付，依靠。

⑤折簇：将蚕茧从簇上取下。簇，蚕簇，用以承蚕结
茧。《齐民要术·养蚕》："养蚕法，收取种茧，必
取居簇中者。"

⑥井鲋（fù）：《周易·井卦》："井谷射鲋，瓮敝
漏。"孔颖达疏引子夏传："井中虾蟆呼为鲋鱼
也。"但此句兼用《庄子·外物》涸鲋之典，参
见《香炉峰下新置草堂即事咏怀题于石上》注⑩。

⑦悔出谷：《诗经·小雅·伐木》："伐木丁丁，鸟鸣
嘤嘤。出自幽谷，迁于乔木。"此取其辞而变其
意。

⑧炎燠（yù）：炎热。

⑨梅：梅雨。《初学记》卷二引萧绎《纂要》："梅熟
而雨曰梅雨。"

⑩畲（shē）田：烧荒种田。

⑪一瓢：《论语·雍也》载孔子称赞颜回语："贤哉，
回也。一箪食，一瓢饮，在陋巷，人不堪其忧，
回也不改其乐。贤哉，回也。"

⑫饮水：《论语·述而》："子曰：'饭疏食饮水，曲肱
　　而枕之，乐亦在其中矣。不义而富且贵，于我如
　　浮云。'"

山中独吟

　　江州时期作。诗中表达了诗人对诗歌创作的由
衷喜爱以及所追求的独特诗歌境界。编入闲适诗。

　　　　人各有一癖，我癖在章句①。
　　　　万缘皆已销②，此病独未去。
　　　　每逢美风景，或对好亲故。
　　　　高声咏一篇，恍若与神遇。
　　　　自为江上客，半在山中住。
　　　　有时新诗成，独上东岩路。
　　　　身倚白石崖，手攀青桂树。
　　　　狂吟惊林壑，猿鸟皆窥觑③。
　　　　恐为世所嗤④，故就无人处。

①癖：癖好。《晋书·杜预传》："时王济解相马，又
　　甚爱之，而和峤颇聚敛，预常称'济有马癖，峤
　　有钱癖'。武帝闻之，谓预曰：'卿有何癖？'对
　　曰：'臣有《左传》癖。'"章句：指诗句。
②万缘：佛教指一切内外业因缘起。

③窥觑（qù）：窥伺。
④嗤：嗤笑。

感情

　　江州时期作。此诗由睹旧物而表达了对旧日情人的真挚思念，所忆念的"东邻婵娟子"当即作者早年的恋人湘灵。编入感伤诗。

　　　　中庭晒服玩①，忽见故乡履。
　　　　昔赠我者谁？东邻婵娟子。
　　　　因思赠时语，特用结终始②。
　　　　永愿如履綦③，双行复双止。
　　　　自吾谪江郡，飘荡三千里。
　　　　为感长情人，提携同到此。
　　　　今朝一惆怅，反复看未已。
　　　　人只履犹双，何曾得相似？
　　　　可嗟复可惜，锦表绣为里。
　　　　况经梅雨来，色黯花草死④。

①服玩：服饰玩好。
②特用结终始：意为特以此履作为爱情长久的象征。
③履綦：綦为履系（鞋带），此即指履。
④花草死：花草指履上绣的图案，死喻爱情不能复生。

南浦岁暮对酒送王十五归京

江州时期作。此诗描写了江州岁暮对酒送客的
情景，表达了谪居中的无聊心情。

腊后冰生覆溢水①，夜来云暗失庐山。
风飘细雪落如米，索索萧萧芦苇间②。
此地二年留我住，今朝一酌送君还。
相看渐老无过醉③，聚散穷通总是闲。

①溢水：见《琵琶引》注②。
②索索：风吹草木声。萧萧：雨声。这里形容雪落。
③无过：不如，最好。

元和十二年淮寇未平诏停
岁仗愤然有感率尔成章

元和十二年（817）在江州作。诗人虽在贬谪
之中，但对国事仍十分忧虑，对藩镇作乱深表愤
恨。诗的最后对此又不免"自笑"，一方面说明他
有些心灰意冷，但另一方面也表明这种义愤是难以
自抑的。淮寇，指淮西吴元济之叛。岁仗，据《旧
唐书·宪宗纪》："（元和）十二年春正月辛酉朔，
以用兵不受朝贺。"岁仗即元日朝会时的仪仗。

闻停岁仗轸皇情①，应为淮西寇未平。
不分气从歌里发②，无明心向酒中生③。
愚计忽思飞短檄，狂心便欲请长缨④。
从来妄动多如此，自笑何曾得事成。

①轸（zhěn）：同"纾"，悲痛，忧虑。

②不分（fèn）：又作不忿、不愤。不平，气不过。

③无明：佛教称愚痴心为无明。

④请长缨：《汉书·终军传》："南越与汉和亲，乃遣军使南越，说其王，欲令入朝，比内诸侯。军自请：愿受长缨，必羁南越王而致之阙下。"

大林寺桃花

　　江州时期作。诗中描写的大林寺山高地僻，春晚花迟，诗人却把它想像成春归之处，表达了一片惜春之意。大林寺，在庐山。白居易《游大林寺序》："自遗爱草堂历东西二林，抵化城，憩峰顶，登香炉峰，宿大林寺。大林穷远，人迹罕到，环寺多清流苍石，短松瘦竹。"

　　人间四月芳菲尽，山寺桃花始盛开。
　　长恨春归无觅处，不知转入此中来。

彭蠡湖晚归

　　江州时期作。诗中描写了彭蠡湖晚景，抒发了迁客愁思。彭蠡湖，即鄱阳湖，在江州之南。

　　　　彭蠡湖天晚，桃花水气春。
　　　　鸟飞千白点，日没半红轮。
　　　　何必为迁客，无劳是病身①。
　　　　但来临此望，少有不愁人。

①无劳：无关，不用。

西河雨夜送客

　　江州时期作。诗中描写了雨夜江边送客的情景，云黑雨暗，酒罢人去，冷落暗淡的心情尽在不言之中。

　　　　云黑雨翛翛①，江昏水暗流。
　　　　有风催解缆，无月伴登楼。
　　　　酒罢无多兴，帆开不少留。
　　　　唯看一点火，遥认是行舟。

①翛翛（xiāo）：雨声。

昭君怨

　　江州时期作。此诗歌咏汉代王昭君出塞故事，诗人将王昭君的悲剧原因归结为"君恩薄如纸"，不仅尽翻前人旧说，而且也借此表达了封建臣子对君恩难凭的担忧。昭君，即王昭君。据《汉书·元帝纪》《后汉书·南匈奴传》等记载，王昭君字嫱，汉元帝时以良家子选入掖庭，匈奴呼韩邪单于来朝，求婚汉朝，昭君自请行。《西京杂记》又载：元帝使画工图后宫形貌，案图召幸，昭君不肯赂画工，遂不得见。以赐单于，及去乃见，遂穷按其事，画工皆弃市。乐府古辞有《王昭君》。

　　明妃风貌最娉婷①，合在椒房应四星②。
　　只得当年备宫掖③，何曾专夜奉帏屏？
　　见疏从道迷图画④，知屈那教配虏庭？
　　自是君恩薄如纸，不须一向恨丹青⑤。

①明妃：晋避司马昭讳，改昭君为明君。
②合：应当。椒房：汉后宫以椒合泥涂壁，取温香多子之义。四星：钩陈四星，天子妃嫔之象。《晋书·天文志》："钩陈，后宫也。大帝之正妃也，大帝

之常居也。北四星曰女御宫，八十一御妻之象也。"

③宫掖：皇宫的旁舍称掖庭，为妃嫔所居。

④从道：任从说。

⑤丹青：本为绘画的两种颜料。代指图画。

编集拙诗成一十五卷因题卷末戏赠元九李二十

作者在江州第一次将自己的诗作结集为十五卷，此诗为结集后所作，表达了诗人对自己创作的珍视以及自负的心情。元九，元稹。李二十，李绅。

一篇长恨有风情①，十首秦吟近正声②。

每被老元偷格律③，元九向江陵日，尝以拙诗一轴赠行，自是格变。

苦教短李伏歌行④。李二十尝自负歌行，近见予乐府五十首，默然心伏。

世间富贵应无分，身后文章合有名。

莫怪气粗言语大，新排十五卷诗成。

①长恨：《长恨歌》。参见该诗注。风情：特指男女之情。《太平广记》卷六八《封陟》："仙姝遂索追状曰：'不能于此人无情。'遂索大笔判曰：'封陟往虽执迷，操惟坚洁，实由朴戆，难责风情。宜

更延一纪。'"卷二七三《杜牧》："僧孺于中堂钱，
因戒之曰：'以侍御史气概达驭，固当自极夷途。
然常虑风情不节，或至尊体乖和。'"

② 秦吟：《秦中吟》。参见该诗注。正声：雅正之声。
《荀子·乐论》："凡奸声感人而逆气应之，逆气成
象而乱生焉。正声感人而顺气应之，顺气成象而
治生焉。"

③ 老元：元稹。格律：格指格调、气格。律指律法
和近体诗的声律。

④ 苦：甚，十分。短李：李绅的绰号。歌行：合乐
的诗体名称，以歌、行、引、篇等名篇，以七言、
杂言句式为主。《新乐府》五十首以及《长恨歌》
《琵琶引》等均为歌行体。

江楼夜吟元九律诗成三十韵

　　江州时期作。元稹与白居易是情同手足的诗
友，不仅经常相互酬唱，而且在诗艺上相互切磋。
此诗前半部分极力赞颂元稹诗的艺术成就，后半部
分谈到自己的遭遇和诗歌创作，表现出两人同调相
应、同病相怜的感情。

　　昨夜江楼上，吟君数十篇。
　　词飘朱槛底，韵堕渌江前①。

清楚音谐律②，精微思入玄③。
收将白雪丽④，夺尽碧云妍⑤。
寸截金为句，双雕玉作联⑥。
八风凄间发⑦，五彩烂相宣。
冰扣声声冷，珠排字字圆⑧。
文头交比绣⑨，筋骨软于绵。
颒涌同波浪⑩，铮㧓过管弦⑪。
醴泉流出地⑫，钧乐下从天⑬。
神鬼闻如泣，鱼龙听似禅⑭。
星回疑聚集，月落为留连。
雁感无鸣者，猿愁亦悄然。
交流迁客泪，停住贾人船。
暗被歌姬乞，潜闻思妇传。
斜行题粉壁，短卷写红笺。
肉味经时忘⑮，头风当日痊⑯。
老张知定伏⑰，短李爱应颠⑱。
张十八籍、李二十绅，皆攻律诗，故云。
道屈才方振，身闲业始专。
天教声烜赫⑲，理合命迍邅⑳。
顾我文章劣，知他气力全。
功夫虽共到，巧拙尚相悬。
各有诗千首，俱抛海一边。
白头吟处变㉑，青眼望中穿㉒。
酬答朝妨食，披寻夜废眠。

老偿文债负，宿结字因缘㉓。

每叹陈夫子㉔，常嗟李谪仙㉕。

陈子昂著《感遇诗》称于世。贺知章谓李白为谪仙人。

名高折人爵，思苦减天年。

李竟无官，陈亦早夭。

不得当时遇，空令后代怜。

相悲今若此，溢浦与通川㉖。

①渌（lù）：清澈。

②清楚：清越嘹亮。《太平广记》卷四四五《王长史》："闻其哀啸之音，极清楚，若风籁焉。"音谐律：音律和谐。

③入玄：玄指玄学、玄言，这里指精妙深微的境界。《世说新语·文学》："司马太傅问谢车骑：'惠子其书五车，何以无一言入玄？'谢曰：'故当是其妙处不传。'"

④白雪：乐曲名。《淮南子·览冥训》："昔者，师旷奏白雪之音，而神物为之下降，风雨暴至。"

⑤碧云：江淹《杂体诗三十首·休上人怨别》："日暮碧云合，佳人殊未来。"唐人常称引此诗，称"碧云思""碧云句"。

⑥作联：以律诗上下对偶为一联，其说大概起于中唐。《唐摭言》卷十二："贾岛不善程试，每自叠

一幅，巡铺告人曰：'乞一联！乞一联！'"

⑦八风：八方之风。《左传》隐公五年："夫舞，所以
　　节八音而行八风。"杜预注："八风，八方之风也。"

⑧珠排：形容文字圆润。《文心雕龙·声律》："声转
　　于吻，玲玲如振玉；辞靡于耳，累累如贯珠矣。"

⑨文头：犹言文句、文章。唐人称制词为词头，类
　　同。杨巨源《酬崔驸马惠笺百张兼贻四韵》："百
　　张云样乱花开，七字文头艳锦回。"

⑩涌：水势汹涌。应场《灵河赋》："纷颎涌而腾骛
　　兮，恒礧礧而徂征。"

⑪铮抷（chuāng）：同"铮钑"（cōng），拨弦声。
　　刘禹锡《伤秦姝行》："蜀弦铮抷指如玉，皇帝弟
　　子常家曲。"

⑫醴（lǐ）泉：甘美的泉水。《礼记·礼运》："故天
　　降膏露，地出醴泉。"

⑬钧乐：钧天之乐。《史记·赵世家》："简子寤，语
　　大夫曰：'我之帝所甚乐，与百神游于钧天，广乐
　　九奏万舞，不类三代之乐，其声动人心。'"

⑭鱼龙：水族。《般泥洹经》卷下等载，佛泥洹（涅
　　槃）时作一禅之思惟，从一禅直至四禅，当此之
　　时，有诸天龙神，侧塞空中，前来供养。

⑮肉味：《论语·述而》："子在齐，闻《韶》，三月
　　不知肉味。"

⑯头风：《三国志·魏书·陈琳传》裴注引《典

略》："琳作诸书及檄，草成呈太祖。太祖先苦头
风，是日疾发，卧读琳所作，翕然而起曰：'此
愈我病。'"

⑰老张：张籍。见《酬张十八访宿见赠》注。

⑱短李：李绅。字公垂，行二十，元稹、白居易
　诗友。

⑲烜（xuān）赫：声势盛大。

⑳迍邅（zhūn zhān）：难行，喻身处困境。左思
　《咏史》："英雄有迍邅，由来自古昔。"

㉑白头吟：乐府古题有《白头吟》，此借用其字面。

㉒青眼：据《世说新语·简傲》注引《晋百官名》，
　阮籍能为青白眼，见凡俗之士，以白眼对之。

㉓宿结字因缘：宿缘，先世因缘。

㉔陈夫子：陈子昂。唐武则天时任右拾遗，作《感
　遇诗》三十八首。后辞官还乡，因事下狱死。

㉕李谪仙：见《读李杜诗集因题卷后》注。

㉖通川：通州，今四川达州。元稹时任通州司马。

李白墓

　　江州时期作。诗人凭吊李白之墓，为李白惊天
动地的诗歌而赞叹，又为诗人之薄命而悲哀，这其
中显然包含了作者的自伤之情。

采石江边李白坟[1]，绕田无限草连云。
可怜荒陇穷泉骨[2]，曾有惊天动地文。
但是诗人多薄命[3]，就中沦落不过君[4]。

[1]采石：采石山，一名牛渚山。在太平州当涂县（今安徽马鞍山南）北三十里，临长江，江中有采石矶。李白初葬龙山，元和十二年迁于太平州青山，采石山下坟是李白衣冠冢。
[2]穷泉：地下。
[3]但是：只要是。
[4]就中：其中。

春听琵琶兼简长孙司户

　　江州时期作。此诗描写了音乐的感人力量，抒发了迁客的感伤之情。长孙司户，姓长孙。司户，司户参军。州县僚佐之一。

四弦不似琵琶声，乱写真珠细撼铃[1]。
指底商风悲飒飒[2]，舌头胡语苦醒醒[3]。
如言都尉思京国[4]，似诉明妃厌虏庭[5]。
迁客共君相劝谏，春肠易断不须听。

[1]写："泻"的本字，倾泻。真珠：即珍珠。

②商风：本指西风。《楚辞·七谏·沉江》："商风肃
　　而害生兮，百草育而不长。"王逸注："商风，西
　　风也。"此指音乐之商声。《魏书·乐志》："其瑟
　　调以宫为主，清调以商为主，平调以角为主，五
　　调各以一声为主。"

③胡语：胡人语。因琵琶传自西域，故有此言。苦：
　　甚，太。醒醒：又作"惺惺"。清醒，清楚。

④都尉：指汉代李陵，兵败陷于匈奴。

⑤明妃：王昭君。见《昭君怨》注。

初入峡有感

　　元和十四年（819）白居易改授忠州（今重庆
忠县）刺史，自江州赴任，乘舟入长江三峡，作此
诗。诗中描写了峡中江水之险和行船之难，由此也
引发了作者人生偶然无凭的感叹。

　　　　上有万仞山，下有千丈水。
　　　　苍苍两崖间，阔狭容一苇①。
　　　　瞿唐呀直泻②，滟滪屹中峙③。
　　　　未夜黑岩昏，无风白浪起。
　　　　大石如刀剑，小石如牙齿。
　　　　一步不可行，况千三百里。
　　　　自峡州至忠州，滩险相继，凡一千三百里。

苒蒻竹篾筳④，欹危楫师趾⑤。
一跌无完舟，吾生系于此。
常闻仗忠信，蛮貊可行矣⑥。
自古漂沉人，岂尽非君子？
况吾时与命，蹇舛不足恃⑦。
常恐不才身，复作无名死。

①一苇：指船。《诗经·卫风·河广》："谁为河广，
　一苇杭之。"
②瞿唐：瞿塘峡，长江三峡首段。呀：张口貌。
③滟滪（yàn yù）：滟滪堆，在瞿塘峡口江心。
④苒蒻（rǎn ruò）：柔软貌。竹篾筳（niàn）：
　竹索。
⑤欹（qī）危：倾危。楫（jí）师：船工。楫，
　船桨。
⑥蛮貊（mò）：泛指外族。《论语·卫灵公》："言忠
　信，行笃敬，虽蛮貊之邦行矣。"
⑦蹇舛（jiǎn chuǎn）：艰难不幸。

种桃杏

　　忠州作。此诗是六句律诗，诗人以心安即是家
的思想来宽勉自己，开始种桃栽杏，从容安排生活。

无论海角与天涯，大抵心安即是家。
路远谁能念乡曲，年深兼欲忘京华①。
忠州且作三年计，种杏栽桃拟待花。

①年深：年久。京华：京城。

东楼竹

忠州作。诗中表现了作者对竹林幽独之境的欣
赏。编入感伤诗。

萧洒城东楼，绕楼多修竹。
森然一万竿，白粉封青玉①。
卷帘睡初觉，敧枕看未足②。
影转色入楼，床席生浮绿。
空城绝宾客，向夕弥幽独。
楼上夜不归，此君留我宿③。

①青玉：形容竹之美。钱起《裴侍郎湘川回以青竹
　筒相遗因而赠之》：“楚竹青玉润，从来湘水阴。”
②敧枕：斜靠着枕头。
③此君：指竹。《世说新语·任诞》：“王子猷尝暂寄
　人空宅住，便令种竹。或问：‘暂住何烦尔？’王

啸咏良久，直指竹曰：'何可一日无此君！'"

九日登巴台

　　忠州作。诗中描写了重阳日登巴子台，异乡的风俗景物引发了诗人感伤之情。编入感伤诗。九日，九月九日重阳节。巴台：巴子台，在忠州。忠州古为巴子国。

黍香酒初熟，菊暖花未开。
闲听竹枝曲①，浅酌茱萸杯②。
去年重阳日，漂泊浔城隈③。
今岁重阳日，萧条巴子台。
旅鬓寻已白，乡书久不来。
临觞一搔首，座客亦徘徊。

①竹枝曲：唐代的民间曲调，流传于湘楚、巴蜀地区。
②茱萸杯：古代风俗，重阳日登高眺远，饮茱萸酒。
③浔城：见《登香炉峰顶》注④。隈（wēi）：角落。

我身

　　忠州作。诗人对自我人生进行反省，用孤蓬随风飘泊来比喻人生，用穷通任运的思想来求得排解。编入感伤诗。

> 我身何所似？似彼孤生蓬。
> 秋霜剪根断，浩浩随长风。
> 昔游秦雍间①，今落巴蛮中②。
> 昔为意气郎③，今作寂寥翁。
> 外貌虽寂寞，中怀颇冲融④。
> 赋命有厚薄，委心任穷通。
> 通当为大鹏⑤，举翅摩苍穹。
> 穷则为鹪鹩⑥，一枝足自容。
> 苟知此道者，身穷心不穷。

①秦雍：关中长安地区。古为秦国，又为古雍州。

②巴蛮：古代巴国，忠州所在。

③意气：争强好胜之气。

④冲融：恬静虚寂。

⑤大鹏：《庄子·逍遥游》："北冥有鱼，其名为鲲。
鲲之大，不知其几千里也。化而为鸟，其名为鹏。
鹏之背，不知其几千里也；怒而飞，其翼若垂天
之云。是鸟也，海运则将徙于南冥。南冥者，天
池也。"晋阮修作《大鹏赞》，李白作《大鹏赋》。

⑥鹪鹩（jiāo liáo）：一种小鸟。《庄子·逍遥游》：
"鹪鹩巢于深林，不过一枝。"

步东坡

忠州作。诗中描写了在东坡闲行游览、自得其乐的生活。编入感伤诗。

朝上东坡步[1]，夕上东坡步。
东坡何所爱？爱此新成树。
种植当岁初，滋荣及春暮。
信意取次栽[2]，无行亦无数。
绿阴斜景转，芳气微风度。
新叶鸟下来，萎花蝶飞去。
闲携斑竹杖，徐曳黄麻屦[3]。
欲识往来频，青芜成白路。

[1]东坡：在忠州。前人指出，苏轼自号东坡居士，
　　即因仰慕白居易为人，取白诗之意。
[2]取次：随意，随便。
[3]屦（jù）：麻、葛织成的鞋。

东亭闲望

忠州作。诗人在寂寥之中，以绿桂、红蕉作为相亲的美人佳客，显示了诗人的丰富情趣。

东亭尽日坐^①，谁伴寂寥身？
绿桂为佳客，红蕉当美人。
笑言虽不接，情状似相亲。
不作悠悠想，如何度晚春？

①东亭：在忠州。

题郡中荔枝诗十八韵兼寄万州杨八使君

　　忠州作。此诗对奇果荔枝的生长、形貌、滋味，一一细致描摹，显示出诗人赋物写生的高超技巧。万州，即今重庆万州，与忠州相邻。杨八使君，指万州刺史杨归厚。

奇果标南土，芳林对北堂。
素华春漠漠，丹实夏煌煌。
叶捧低垂户，枝擎重压墙。
始因风弄色，渐与日争光。
夕讶条悬火，朝惊树点妆^①。
深于红踯躅^②，大校白槟榔^③。
星缀连心朵，珠排耀眼房。
紫罗裁衬壳，白玉裹填瓤。
早岁曾闻说，今朝始摘尝。
嚼疑天上味，嗅异世间香。

润胜莲生水，鲜逾橘得霜。
燕脂掌中颗④，甘露舌头浆。
物少尤珍重，天高苦渺茫。
已教生暑月，又使阻遐方⑤。
粹液灵难驻，妍姿嫩易伤。
近南光影热，向北道途长。
不得充王赋，无由寄帝乡。
唯君堪掷赠，面白似潘郎⑥。

①点妆：画妆。
②红踯躅（zhí zhú）：羊踯躅，花名。
③校（jiào）：同"较"。相比，相差。
④燕脂：即胭脂。
⑤遐方：远方。
⑥潘郎：晋代潘岳，字安仁。《世说新语·容止》
　注引《语林》："安仁甚美，每行，老妪以果掷之
　满车。"

竹枝词

　　忠州作，共四首。竹枝词是为竹枝曲填写的歌
词，刘禹锡元和年间贬沅湘，曾效当地民歌作《竹
枝词》。白居易在忠州也仿照民歌作此词。这组诗
借用民歌体裁，表达了诗人的愁苦心情和对友人的

思念。

其一

瞿唐峡口水烟低[①]，白帝城头月向西[②]。
唱到竹枝声咽处，寒猿暗鸟一时啼。

①瞿唐峡：见《初入峡有感》注②。
②白帝城：汉公孙述所建，在瞿塘峡口，今重庆奉
　节县城东。

其二

竹枝苦怨怨何人，夜静山空歇又闻？
蛮儿巴女齐声唱[①]，愁杀江楼病使君。

①蛮儿：对南方人的称呼。

其三

巴东船舫上巴西[①]，波面风生雨脚齐。
水蓼冷花红簇簇[②]，江蓠湿叶碧凄凄[③]。

①巴东：晋巴东郡，今云阳、奉节一带。因在巴水

之东而得名（古以嘉陵江为巴水）。

②水蓼（liǎo）：水生蓼科植物。

③江蓠（lí）：一种藻类植物。

其四

江畔谁人唱竹枝，前声断咽后声迟。

怪来调苦缘词苦，多是通州司马诗①。

①通州司马：元稹曾任通州司马。

春至

忠州作。诗中描写南国春至，却以人身之老反
衬，表达了一种惆怅之情。

若为南国春还至①，争向东楼日又长②？

白片落梅浮涧水，黄梢新柳出城墙。

闲拈蕉叶题诗咏，闷取藤枝引酒尝③。

乐事渐无身渐老，从今始拟负风光。

①若为：为何。

②争向：怎向。

③藤枝：蜀地产藤枝，长十馀尺，大如指，中空，

可吸，称为引藤。土人以一端置酒中，吸酒饮之。

房家夜宴喜雪戏赠主人

忠州作。此诗描写了在忠州的宴饮生活，对歌舞酒宴情况有真实的记录。

风头向夜利如刀，赖此温炉软锦袍。
桑落气熏珠翠暖①，柘枝声引管弦高②。
酒钩送盏推莲子③，烛泪粘盘垒蒲萄④。
不醉遣侬争散得⑤，门前雪片似鹅毛。

①桑落：酒名，以十月桑落时酿制而得名。
②柘（zhè）枝：健舞曲名。其舞一说出西域石国，一
　　说出南诏。
③酒钩：在酒宴上探钩分韵赋诗。一说钩即阄，其上
　　写有诗韵或酒令之类。莲子：莲子盏，一种酒杯。
④蒲萄：葡萄，唐人写作"蒲桃"、"蒲萄"。此处形
　　容烛泪堆砌的形状。
⑤侬：我。争：怎。

留题开元寺上方

元和十五年（820），白居易被召为尚书司门员

外郎，告别忠州。此诗是留别忠州开元寺之作，表现了诗人的留恋之情。

> 东寺台合好，上方风景清①。
> 数来犹未厌，长别岂无情？
> 恋水多临坐，辞花剩绕行。
> 最怜新岸柳，手种未全成。

①东寺：即开元寺，在忠州。上方：上方院。在寺院高处。

商山路有感

元和十五年（820）自忠州返长安途中作。诗人重寻旧馆，看到多处主人改换，不禁感慨万千。

> 万里路长在①，六年身始归。
> 所经多旧馆，太半主人非。

①万里路长在：商山在商州（今陕西商州），有武关。从长安经商、邓通往南方的大路由此经过。

中书夜直梦忠州

　　穆宗长庆元年（821），白居易在长安任中书舍人。此诗记录了夜直梦中对忠州生活的怀念。中书，中书省。夜直，值夜班。中书舍人为皇帝起草制诰，须轮番夜直。

阁下灯前梦，巴南城底游。
觅花来渡口，寻寺到山头。
江色分明绿，猿声依旧愁。
禁钟惊睡觉①，唯不上东楼②。

①禁钟：宫禁中的钟声。
②东楼：在忠州。

紫薇花

　　长庆元年（821）在长安作。诗中运用谐音，写出了人、花无言相对的情景，饶有情趣。

丝纶阁下文书静①，钟鼓楼中刻漏长②。
独坐黄昏谁是伴，紫薇花对紫微郎③。

①丝纶阁：指中书省。皇帝制诏称为纶言。

②钟鼓楼：长安大明宫中有钟鼓楼。刻漏：古代计
　　时器。
③紫微郎：中书舍人。唐开元元年改中书省为紫微
　　省，中书令为紫微令，中书舍人为紫微舍人。取
　　义天文紫微垣为帝座。唐代中书省内植紫薇花，
　　亦取与紫微谐音之义。

后宫词

　　长庆年间在长安作。宫词是中唐时期流行的一
种创作题材，多采用绝句形式，白居易此诗继续了
元和年间《上阳白发人》等作品的主题，对宫女的
不幸命运深表同情。

　　雨露由来一点恩①，争能遍布及千门？
　　三千宫女燕脂面，几个春来无泪痕？

①雨露：喻皇帝恩泽。

卜居

　　长庆元年（821）在长安作。此诗描写了诗人
在长安择居之事，表达了安贫知足的思想。

游宦京都二十春，贫中无处可安贫。
长羡蜗牛犹有舍①，不如硕鼠解藏身②。
且求容立锥头地③，免似漂流木偶人④。
但道吾庐心便足，敢辞湫隘与嚣尘⑤。

①长羡蜗牛犹有舍：蜗牛舍，《三国志·魏书·管宁传》裴注引《魏略》："焦先及杨沛，并作瓜牛庐，止其中。"裴注："瓜当作蜗。蜗牛，蠃虫之有角者也，俗或呼为黄犊。先等作圜舍，形如蜗牛蔽，故谓之蜗牛庐。"

②不如硕鼠解藏身：硕鼠藏身，《史记·李斯列传》载李斯年少时，为郡小吏，见吏舍厕中鼠食不絜，近人犬，数惊恐之。斯入仓，观仓中鼠，食积粟，居大庑之下，不见人犬之扰。于是李斯乃叹曰："人之贤不肖譬如鼠矣，在所自处耳。"

③立锥：《庄子·盗跖》："尧舜有天下，子孙无置锥之地。"

④木偶人：《战国策·齐策三》："今者臣来，过于淄上，有土偶人与木偶人相与语，木偶人谓土偶人曰：'子，西岸之土也，埏子以为人，至岁八月，降雨下，淄水至，则子残矣。'土偶人曰：'不然。吾，西岸之土也，吾残，则复西岸耳。今子，东国之桃梗也，刻削以为人，降雨下，淄水至，流子而去，则子漂漂然将何所之也？'"

⑤湫（jiǎo）隘：低下狭小。嚣尘：喧嚣杂乱。《左传·昭公三年》："景公欲更晏子之宅，曰：'子之宅近市，湫隘嚣尘，不可以居，请更诸爽垲者。'"

新秋早起有怀元少尹

长庆元年（821）在长安作。此诗通过描写日常生活中盥漱等等琐事，表现了伤秋叹老之意。题材尽管琐细，但十分真切自然。元少尹，指元宗简。时任京兆少尹。

秋来转觉此身衰，晨起临阶盥漱时。
漆匣镜明头尽白，铜瓶水冷齿先知。
光阴纵惜留难住，官职虽荣得已迟。
老去相逢无别计，强开笑口展愁眉。

竹窗

长庆元年（821）在长安作。诗人在长安新居开窗营竹，在对竹窗的欣赏中也寄寓了对"前古人"的敬仰和闲居中的逸趣。编入感伤诗。

尝爱辋川寺①，竹窗东北廊。

一别十馀载，见竹未曾忘。
今春二月初，卜居在新昌②。
未暇作厩库③，且先营一堂。
开窗不糊纸，种竹不依行。
意取北檐下，窗与竹相当。
绕屋声淅淅④，逼人色苍苍。
烟通杳霭气⑤，月透玲珑光⑥。
是时三伏天，天气热如汤。
独此竹窗下，朝回解衣裳。
轻纱一幅巾⑦，小簟六尺床⑧。
无客尽日静，有风终夜凉。
乃知前古人，言事颇谙详。
清风北窗卧，可以傲羲皇⑨。

①辋（wǎng）川寺：即清源寺，在终南山下，原为
　王维辋川别业所在。白居易曾作《宿清源寺》诗。
②新昌：长安新昌里，白居易新居所在。
③厩库：马厩，库房。《礼记·曲礼下》："君子将营
　宫室，宗庙为先，厩库为次，居室为后。"
④淅淅：风声。谢惠连《七月七日夜咏牛女诗》：
　"团团满叶露，淅淅振条风。"
⑤杳霭：郁盛貌。
⑥玲珑：明亮貌。
⑦幅巾：纱制，用以裹头，折制样式不一，又称幞

头、幞巾。

⑧簟（diàn）：竹席。

⑨羲皇：上古伏羲氏、女娲氏、神农氏称三皇。陶
　渊明《与子俨等疏》："五六月中，北窗下卧，遇
　凉风暂至，自谓是羲皇上人。"此用其意。

夜筝

　　长庆年间在长安作。诗中描写了音乐的感人力
量，与《琵琶引》等诗中的大段音乐描写不同，此
诗虽只四句，但也给人以丰富联想。

　　紫袖红弦明月中，自弹自感暗低容①。
　　弦凝指咽声停处②，别有深情一万重。

①低容：低颜，神色暗然。

②弦凝指咽：指音乐的休止。

新昌新居书事四十韵因寄元郎中张博士

　　长庆元年（821）在长安作。此诗也是一首长
篇排律，细致描绘了作者在新昌新居的生活，同时
也表达了作者相当浓重的崇尚佛老、追求闲适的思
想。元郎中，元宗简。时任尚书省郎中。张博士，

张籍。时由韩愈荐为国子博士。

冒宠已三迁^①，归朝始二年。
囊中贮馀俸，园外买闲田。
狐兔同三径^②，蒿莱共一廛^③。
新园聊划秽，旧屋且扶颠。
檐漏移倾瓦，梁敧换蠹椽。
平治绕台路^④，整顿近阶砖。
巷狭开容驾，墙低垒过肩。
门闾堪驻盖^⑤，堂室可铺筵^⑥。
丹凤楼当后^⑦，青龙寺在前^⑧。
市街尘不到，宫树影相连。
省吏嫌坊远，豪家笑地偏。
敢劳宾客访，或望子孙传。
不觅他人爱，唯将自性便。
等闲栽树木^⑨，随分占风烟^⑩。
逸致因心得，幽期遇境牵。
松声疑涧底^⑪，草色胜河边^⑫。
虚润冰销地，晴和日出天。
苔行滑如簟，莎坐软于绵。
帘每当山卷，帷多待月褰^⑬。
篱东花掩映，窗北竹婵娟。
迹慕青门隐^⑭，名惭紫禁仙^⑮。
假归思晚沐，朝去恋春眠。

拙薄才无取，疏慵职不专。
题墙书命笔，沽酒率分钱。
柏杵舂灵药，铜瓶漱暖泉。
炉香穿盖散，笼烛隔纱然。
陈室何曾扫⑯，陶琴不要弦⑰。
屏除俗事尽，养活道情全⑱。
尚有妻孥累⑲，犹为组绶缠⑳。
终须抛爵禄，渐拟断腥膻。
大底宗庄叟㉑，私心事竺乾㉒。
浮荣水划字㉓，真谛火生莲㉔。
梵部经十二㉕，玄书字五千㉖。
是非都付梦，语默不妨禅㉗。
博士官犹冷，郎中病已痊。
多同僻处住，久结静中缘。
缓步携筇杖㉘，徐吟展蜀笺㉙。
老宜闲语话，闷忆好诗篇。
蛮榼来方泻㉚，蒙茶到始煎㉛。
无辞数相见，鬓发各苍然。

① 三迁：指居易元和十五年还朝后授司门员外郎，
　迁主客郎中，再迁中书舍人。

② 三径：陶渊明《归去来兮辞》："三径就荒，松菊
　犹存。"《文选》李善注引《三辅决录》："蒋诩，
　字元卿，舍中三径，唯羊仲、求仲从之游，皆挫

廉逃名不出。"

③一廛（chán）：古代指一夫之田，即百亩。《孟子·滕文公》："远方之人，闻君行仁政，愿受一廛而为氓。"

④平治：整治。

⑤驻盖：盖指车盖。《汉书·于定国传》："定国父于公，其闾门坏，父老方共治之，于公谓曰：'少高大闾门，令容驷马高盖车。我治狱多阴德，未尝有所冤，子孙必有兴者。'"

⑥筵：筵席。

⑦丹凤楼：即大明宫丹凤门。

⑧青龙寺：在长安新昌坊。青龙寺在新昌坊南门之东，白居易宅在坊北，座北向南，故青龙寺在其前，而大明宫在长安城北，故丹凤楼远在其宅后。

⑨等闲：随意。

⑩随分：随缘，随其所处。

⑪涧底：左思《咏史》："郁郁涧底松。"

⑫河边：《古诗十九首》："青青河畔草。"

⑬褰（qiān）：揭起。

⑭青门：长安城东出南头名霸城门，以其色青，俗名曰青门。《史记·萧相国世家》："召平者，秦故东陵侯。秦破，为布衣，贫，种瓜于长安城东。瓜美，故世俗谓之东陵瓜。"

⑮紫禁：宫禁。

⑯陈室：《后汉书·陈蕃传》："蕃年十五，尝闲处一室，而庭宇芜秽，父友同郡薛勤来候之，谓蕃曰：'孺子何不洒扫以待宾客？'蕃曰：'大丈夫处世，当扫除天下，安事一室乎！'"

⑰陶琴：《晋书·陶潜传》："性不解音，而畜素琴一张，弦徽不具，每朋酒之会，则抚而和之，曰：'但识琴中趣，何劳弦上声。'"陶潜，陶渊明。

⑱道情：达道之言。谢灵运《述祖德诗二首》："拯溺由道情，龛暴资神理。"《文选》李善注："《庄子》曰：夫道有情有信。"

⑲妻孥（nú）：妻与儿女。

⑳组绶（shòu）：丝带。此指系印的带子，代指官爵。

㉑庄叟：庄子。

㉒竺乾：印度古称。《弘明集》卷一《正诬论》："故其经云：'闻道竺乾有古先生，善入泥洹，不始不终，永存绵绵。'竺乾者，天竺也。"此指佛。

㉓水划字：喻虚幻无实。桓谭《新论·启寤》："画水镂冰，与时消释。"《大般涅槃经》卷一："是身无常，念念不住，犹如电光、暴水、幻炎。亦如画水，随画随合。"

㉔真谛：真理，真义。火生莲：喻稀有。《维摩经·佛道品》："火中生莲华，是可谓希有。在欲而行禅，希有亦如是。"

㉕梵（fàn）部经：佛经。佛经十二部，又称十二分

教。

㉖玄书：指《老子》，约五千言。

㉗语默：或语或默。《大般若波罗蜜多经》卷
　　四八九："寤寐语默，入出诸定，皆念正知，是为
　　菩萨摩诃萨行深般若波罗蜜多时。"

㉘筇杖：见《秋游原上》注。

㉙蜀笺：蜀地出精美信笺。

㉚蛮榼：榼为酒器。蛮榼当产于南方。

㉛蒙茶：蜀地所产蒙顶茶，为茶之名品。

喜张十八博士除水部员外郎

　　长庆二年（822）在长安作。张籍是作者的挚
友，也是志同道合的诗友。诗人为他官职晋升、生
活状况能够得以改善，表示由衷的喜悦。除，除
官，授官。

　　老何殁后吟声绝①，虽有郎官不爱诗。
　　无复篇章传道路，空留风月在曹司。
　　长嗟博士官犹屈，亦恐骚人道渐衰②。
　　今日闻君除水部，喜于身得省郎时③。

①老何：南朝梁何逊。著名诗人，官尚书水部郎

②骚人：诗人。屈原作《离骚》，后代因以骚人代指

《楚辞》作者及诗人。

③身：自己。省郎：尚书省郎官。

勤政楼西老柳

　　长庆二年（822）在长安作。此诗以老柳为历史见证，语言简省，意蕴丰富，《唐宋诗醇》评曰："不著一字，尽得风流。"勤政楼，在长安兴庆宫。

　　半朽临风树，多情立马人。
　　开元一株柳①，长庆二年春②。

①开元：唐玄宗年号（713—741）。
②长庆：唐穆宗年号（821—824）。

曲江感秋二首 并序

　　长庆二年（822）在长安作。曲江是长安著名风景区，作者曾作有多首曲江感秋诗。这两首诗追昔抚今，为"风物不改，人事屡变"而深深感叹，从一个侧面反映了作者的人生态度和体悟。编入感伤诗。

　　元和二年、三年、四年，予每岁有《曲江感

秋》诗，凡三篇，编在第七集卷。是时予为左拾遗、翰林学士。无何，贬江州司马、忠州刺史。前年，迁主客郎中、知制诰。未周岁，授中书舍人。今游曲江，又值秋日，风物不改，人事屡变。况予中否后遇①，昔壮今衰，慨然感怀，复有此作。噫！人生多故，不知明年秋又何许也？时二年七月十日云耳。

其一

元和二年秋，我年三十七。
长庆二年秋，我年五十一。
中间十四年，六年居谴黜②。
穷通与荣悴，委运随外物。
遂师庐山远③，重吊湘江屈④。
夜听竹枝愁⑤，秋看滟堆没⑥。
近辞巴郡印⑦，又秉纶闱笔⑧。
晚遇何足言，白发映朱绂⑨。
销沉昔意气⑩，改换旧容质。
独有曲江秋，风烟如往日。

①否（pǐ）：《周易》卦名。《周易·否卦》："天地不交，否。"穷困不通亦称否。
②谴黜（chù）：贬斥废职。
③庐山远：东晋高僧慧远在庐山建东林寺。白居易

在江州期间踏访慧远遗迹，与东林寺僧人来往密
切。

④湘江屈：屈原遭放逐，游于沅、湘，自沉于汨罗江。

⑤竹枝：《竹枝曲》，见《九日登巴台》注②。

⑥滟堆：滟滪堆。见《初入峡有感》注③。

⑦巴郡：指忠州。

⑧纶闱：中书省。

⑨朱绂（fú）：犹言朱袍。唐制五品以上衣朱，常用
以指五品以上官服。

⑩意气：争强好胜之气。

其二

疏芜南岸草，萧飒西风树。
秋到来几时，蝉声又无数。
莎平绿茸合①，莲落青房露。
今日临望时，往年感秋处。
池中水依旧，城上山如故。
独我鬓间毛，昔黑今垂素。
荣名与壮齿②，相避如朝暮。
时命始欲来③，年颜已先去。
当春不欢乐，临老徒惊误。
故作咏怀诗，题于曲江路。

①莎（suō）：莎草。
②壮齿：壮岁，壮年。
③时命：时运，机遇。

初出城留别

　　长庆二年（822）七月，白居易自请外职，出守杭州。此诗为初离长安所作，经历多年宦海风波，作者此时的心情颇为平静，与被贬江州时的处境、心情大不相同。编入闲适诗。

> 朝从紫禁归，暮出青门去①。
> 勿言城东陌，便是江南路。
> 扬鞭簇车马②，挥手辞亲故。
> 我生本无乡，心安是归处。

①青门：长安城东门。见《新昌新居书事四十韵因寄元郎中张博士》注⑮。
②簇：此为扬鞭驱赶义。杜甫《九日奉寄严大夫》："遥知簇鞍马，回首白云间。"

登商山最高顶

　　长庆二年（822）自长安赴杭州作。诗人登高下望，见到世人为谋生和利益奔波来去，不禁心生感叹；并且由此反思自我，承认"我亦斯人徒"，表达了十分坦诚的自我认识。编入闲适诗。

> 高高此山顶，四望唯烟云。
> 下有一条路，通达楚与秦①。
> 或名诱其心，或利牵其身②。
> 乘者及负者，来去何云云。
> 我亦斯人徒，未能出嚣尘。
> 七年三往复③，何得笑他人。

①通达楚与秦：商州大道是连接长安与南方的重要道路。

②或利牵其身：《史记·货殖列传》："天下熙熙，皆为利来；天下攘攘，皆为利往。"

③三往复：白居易元和十年贬江州，元和十五年自忠州返长安，此年再赴杭州，均经此路。

山雉

长庆二年（822）赴杭州作。此诗以山梁雉为喻，表达了对适性自由生活的向往。编入闲适诗。

> 五步一啄草，十步一饮水①。

适性遂其生，时哉山梁雉②。
梁上无矰缴③，梁下无鹰鹯④。
雌雄与群雏，皆得终天年。
嗟嗟笼下鸡，及彼池中雁。
既有稻粱恩⑤，必有牺牲患⑥。

①一饮水：形容山雉不受拘束的生活。《庄子·养生主》："泽雉十步一啄，百步一饮，不蕲畜乎樊中。神虽王，不善也。"

②时哉：感叹雉生得其时。《论语·乡党》："色斯举矣，翔而后集。曰：山梁雌雉，时哉时哉。"

③矰缴（zēng zhuó）：应为"矰缴"，用以弋射。矰为矢，缴为系矢的丝绳。

④鹰鹯（zhān）：猛禽。《左传·文公十八年》："见无礼于其君者诛之，如鹰鹯之逐鸟雀也。"

⑤稻粱恩：稻粱为雁鹜所食。刘峻《绝交论》："分雁鹜之稻粱，沾玉斝之馀沥。"《文选》李善注："《韩诗外传》：田饶谓鲁哀公曰：黄鹄止君园池，啄君稻粱。"

⑥牺牲：供献的祭品。《庄子·列御寇》："或聘于庄子。庄子应其使曰：'子见夫牺牛乎？衣以文绣，食以刍菽。及其牵而入于大庙，虽欲为孤犊，其可得乎？'"

自蜀江至洞庭湖口有感而作

　　长庆二年（822）自长安赴杭州途中作。面对浩瀚的洞庭湖水，诗人由远古大禹治水的传说，联想到现实的水患和人民遭受的困苦，不禁生出大胆设想，欲填平湖水，造福人民，说明诗人的拯世热情始终未消。此诗虽编入闲适诗，其实更接近作者讽谕诗中表达的思想。蜀江，即长江，流经蜀地。洞庭湖，在今湖南北部。

江从西南来，浩浩无旦夕。
长波逐若泻，连山凿如劈。
千年不壅溃①，万姓无垫溺②。
不尔民为鱼，大哉禹之绩③。
导岷既难远④，距海无咫尺。
胡为不讫功⑤，馀水斯委积？
洞庭与青草⑥，大小两相敌。
混合万丈深，淼茫千里白⑦。
每岁秋夏时，浩大吞七泽⑧。
水族窟穴多，农人土地窄。
我今尚嗟叹，禹岂不爱惜？
邈未究其由，想古观遗迹。
疑此苗人顽⑨，恃险不终役。
帝亦无奈何，留患与今昔。

水流天地内，如身有血脉。
滞则为疽疣⑩，治之在针石。
安得禹复生，为唐水官伯⑪？
手提倚天剑⑫，重来亲指画。
疏流似剪纸，决壅同裂帛。
渗作膏腴田，踏平鱼鳖宅。
龙宫变闾里，水府生禾麦。
坐添百万户，书我司徒籍⑬。

①壅溃：壅，阻塞；溃，冲毁。《国语·周语上》："川壅而溃，伤人必多。"

②垫溺：被洪水淹没。《尚书·益稷》："洪水滔天，浩浩怀山襄陵，下民昏垫。"传："言天下民昏瞀垫溺，皆困水灾。"

③禹之绩：大禹治水的功绩。《左传·昭公元年》："刘子曰：美哉禹功，明德远矣。微禹，吾其鱼乎！"

④导岷：古人以岷江为长江上游，源出岷山。《尚书·禹贡》："岷山导江，东别为沱，又东至于澧。过九江，至于东陵，东迤北会于汇。东为中江，入于海。"

⑤讫（qì）功：完功。

⑥洞庭、青草：洞庭湖南连青草湖，横亘七八百里（今湖面改变，已无青草湖之名）。

⑦淼茫：水势浩大。

⑧七泽：传说楚地有七泽。司马相如《子虚赋》：
"臣闻楚有七泽，尝见其一，未睹其馀也。"

⑨苗人顽：古代的三苗族，居住在今湖南一带。《尚
书·皋陶谟》："苗顽弗即工，帝其念哉。"传："九
州五长，各蹈为有功。惟三苗顽凶，不得就官。"

⑩疽疣（jū yóu）：痈疽赘疣。

⑪水官：上古的治水之官。《礼记·月令》："其帝颛
顼，其神玄冥。"郑玄注："少皞氏之子曰修，曰
熙，为水官。"

⑫倚天剑：宋玉《大言赋》："方地为车，圆天为盖，
长剑耿耿倚天外。"阮籍《咏怀》："弯弓挂扶桑，
长剑倚天外。"

⑬司徒：古代掌管土地户籍的官职。《周礼·地
官·大司徒》："大司徒之职，掌建邦之土地之图，
与其人民之数，以佐王安扰邦国。"

夜泊旅望

长庆二年（822）自长安赴杭州途中作。诗
中描写江行夜泊，遥望开阔的江面，引起诗人的
乡愁。

少睡多愁客，中宵起望乡。
沙明连浦月，帆白满船霜。

近海江弥阔，迎秋夜更长。
烟波三十宿，犹未到钱塘①。

①钱塘：指杭州。

咏怀

　　长庆二年（822）在杭州作。诗中说明了自求
出守的真实思想动机，既表现了作者自诩的"见
道"境界，也从一个侧面反映了官场政治斗争的险
恶。编入闲适诗。

昔为凤阁郎①，今为二千石②。
自觉不如今，人言不如昔。
昔虽居近密，终日多忧惕③。
有诗不敢吟，有酒不敢吃。
今虽在疏远，竟岁无牵役④。
饱食坐终朝，长歌醉通夕。
人生百年内，疾速如过隙⑤。
先务身安闲，次要心欢适。
事有得而失⑥，物有损而益⑦。
所以见道人，观心不观迹。

①凤阁郎：中书舍人。唐光宅元年改中书省为凤阁。

②二千石：郡守。汉代太守的俸禄为二千石，因以
　二千石代称郡守。

③忧惕（tì）：忧惧。

④牵役：服役，操劳。陆机《思归赋序》："余牵役
　京室，去家四载。"

⑤过隙：《墨子·兼爱下》："人之生乎地上无几何也，
　譬之犹驷驰而过隙也。"

⑥得而失：《庄子·天下》："同焉者和，得焉者失。"

⑦损而益：《周易·序卦》："损而不已必益。"

官舍

　　长庆三年（823）在杭州作。诗中描写了杭州
官舍内的生活，表现了稚女亲情给诗人带来的乐
趣。编入闲适诗。

高树换新叶，阴阴覆地隅。
何言太守宅，有似幽人居。
太守卧其下，闲慵两有馀。
起尝一瓯茗，行读一卷书。
早梅结青实，残樱落红珠。
稚女弄庭果，嬉戏牵人裾。
是日晚弥静，巢禽下相呼。
喷喷护儿鹊①，哑哑母子乌②。

　　　　岂唯云鸟尔，吾亦引吾雏③。

①啧啧（zé）：鸟雀鸣声。
②哑哑：乌鹊叫声。
③吾亦引吾雏：引雏，唤雏。

吾雏

　　长庆三年（823）在杭州作。诗中表现了对爱
女的钟爱之情，同时也为自己的衰老而感伤。编入
闲适诗。

　　　　吾雏字阿罗①，阿罗才七龄。
　　　　嗟吾不生子，怜汝无弟兄。
　　　　抚养虽骄呆②，性识颇聪明。
　　　　学母画眉样，效吾咏诗声。
　　　　我齿今欲堕，汝齿昨始生。
　　　　我头发尽落，汝顶髻初成。
　　　　老幼不相待，父衰汝孩婴③。
　　　　缅想古人心，兹爱亦不轻。
　　　　蔡邕念文姬④，于公叹缇萦⑤。
　　　　敢求得汝力，但未忘父情。

①阿罗：即罗儿，见《弄龟罗》注。

②骄呆：同"娇呆"。娇痴，娇惯。

③孩婴：幼小。

④文姬：东汉蔡邕，女名琰，字文姬。

⑤缇萦（tí yíng）：西汉齐太仓令淳于公女。据《汉书·刑法志》载，淳于公有罪当刑，诏狱逮系长安。淳于公无男，有五女，当行，骂其女曰："生子不生男，缓急非有益。"其少女缇萦，自伤悲泣，乃随其父至长安，上书愿没入为官婢，以赎父刑罪。书奏，汉文帝怜悲其意，下令废除肉刑。

题小桥前新竹招客

长庆三年（823）在杭州作。诗中描写了初生新竹的状貌形态，表现了诗人的悠闲情趣。编入闲适诗。

雁齿小虹桥①，垂檐低白屋。
桥前何所有，苒苒新生竹。
皮开拆褐锦②，节露抽青玉。
筼翠如可餐③，粉霜不忍触。
闲吟声未已，幽玩心难足。
管领好风烟④，轻欺凡草木。
谁能有月夜，伴我林中宿？
为君倾一杯，狂歌竹枝曲。

①雁齿：谓桥阶如锯齿状。虹桥：拱桥，形如虹。
②褐锦：形容笋皮之色。
③筼（yún）翠：竹皮的青色。
④管领：掌管统领。

玩新庭树因咏所怀

　　长庆年间在杭州作。诗中描写了杭州官署庭院内的风景，表现了诗人无事为心、寻觅幽闲的情趣。编入闲适诗。

> 霭霭四月初，新树叶成阴。
> 动摇风景丽，盖覆庭院深。
> 下有无事人，竟日此幽寻。
> 岂唯玩时物①，亦可开烦襟。
> 时与道人语②，或听诗客吟③。
> 度春足芳色，入夜多鸣禽。
> 偶得幽闲境，遂忘尘俗心。
> 始知真隐者，不必在山林。

①时物：四时景物。
②道人：僧人。
③诗客：诗人。

夜归

　　长庆年间在杭州作。诗的头尾四句写太守夜归，中间四句写路上风景，着意渲染太守生活的悠闲自得。

半醉闲行湖岸东，马鞭敲镫辔珑璁[①]。
万株松树青山上[②]，十里沙堤明月中[③]。
楼角渐移当路影，潮头欲过满江风。
归来未放笙歌散，画戟门开蜡烛红[④]。

①珑璁（lóng cōng）：同"璁珑"，鲜明貌。
②青山：指万松岭。在杭州和宁门外西岭，夹道栽松。
③沙堤：又称白沙堤，在杭州西湖。后代又称白堤，附会为白居易所修。
④画戟门：唐代官府门前列戟。

钱塘湖春行

　　长庆年间在杭州作。此诗描写了杭州西湖春天的美丽景色，格调明快，体现了白氏律诗明朗疏快的风格。钱塘湖，即杭州西湖。

孤山寺北贾亭西①，水面初平云脚低。
几处早莺争暖树，谁家新燕啄春泥？
乱花渐欲迷人眼，浅草才能没马蹄。
最爱湖东行不足，绿杨阴里白沙堤②。

①孤山寺：永福寺，在西湖内孤山上。贾亭：贾公
　亭，在西湖。唐贞元中贾全造。后废。
②白沙堤：又称沙堤。在西湖。

西湖晚归回望孤山寺赠诸客

　　长庆年间在杭州作。此诗写自西湖晚归，回望
湖山景色，观察角度与前两诗又不同。孤山寺，见
前诗注。

柳湖松岛莲花寺①，晚动归桡出道场②。
卢橘子低山两重③，栟榈叶战水风凉④。
烟波澹荡摇空碧，楼殿参差倚夕阳。
到岸请君回首望，蓬莱宫在海中央⑤。

①柳湖：指西湖。松岛：指孤山。莲花寺：佛寺的
　通称。
②归桡（ráo）：归船。桡，桨。道场：佛教做法事
　之处，即指佛寺。

③卢橘：司马相如《上林赋》："卢橘夏熟。"旧注：
　　卢，黑也。

④栟榈：即棕榈。

⑤蓬莱宫：传说海上有三神山，蓬莱是其一，上有
　　宫阙。此指孤山寺。

杭州春望

　　长庆年间在杭州作。此诗描写杭州的风景名
胜，用笔简洁明快，富于变化。

　　望海楼明照曙霞①，城东楼名望海楼。
　　护江堤白蹋晴沙。
　　涛声夜入伍员庙②，柳色春藏苏小家③。
　　红袖织绫夸柿蒂④，杭州出柿蒂花者尤佳也。
　　青旗沽酒趁梨花。其俗酿酒趁梨花时熟，号为
梨花春。
　　谁开湖寺西南路，草绿裙腰一道斜。
　　孤山寺路在湖洲中⑤，草绿时望如裙腰。

①望海楼：又名东楼，在杭州府治内。

②伍员庙：在杭州吴山。伍子胥名员，春秋时人，
　　谏吴王夫差，不听，死后化为涛神，吴人祠之。

③苏小：苏小小，南齐时钱塘名娼。乐府有《苏小

　　小歌》。

④柿蒂：一种织绫样式。

⑤孤山寺路：在孤山之下。北有断桥，南有西林桥，
　　其西为里湖。

餘杭形胜

　　长庆年间在杭州作。此诗也是描写杭州形胜，
只在最后写入使君年老，与秀美风光形成对比。餘
杭，餘杭郡，即杭州。

　　餘杭形胜四方无，州傍青山县枕湖。
　　绕郭荷花三十里[①]，拂城松树一千株[②]。
　　梦儿亭古传名谢[③]，教妓楼新道姓苏。

　　州西灵隐山上有梦谢亭，即是杜明浦梦谢灵运
之所，因名客儿也。苏小小，本钱塘妓人也。

　　独有使君年太老，风光不称白髭须。

①绕郭荷花：指西湖。

②拂城松树：指万松岭。见《夜归》注②。

③梦儿亭古传名谢：东晋谢灵运，小名客儿。传说
　　其家不宜子，乃寄养于钱塘杜明师家。杜明师夜
　　梦东南有贤人相访，翌日谢灵运至，因名亭为梦
　　谢亭。

江楼夕望招客

　　长庆年间在杭州作。此诗写江楼夜景，开阔壮
丽，别有特色。

　　海天东望夕茫茫，山势川形阔复长。
　　灯火万家城四畔，星河一道水中央。
　　风吹古木晴天雨，月照平沙夏夜霜。
　　能就江楼销暑否？比君茅舍校清凉[①]。

[①]校：同"较"。比较，较为。

江楼晚眺景物鲜奇
吟玩成篇寄水部张员外

　　长庆年间在杭州作。此诗主要写杭州风景的奇
幻，写实与幻想相交织，引人遐想。水部张员外，
指张籍，时任水部员外郎。

　　澹烟疏雨间斜阳，江色鲜明海气凉。
　　蜃散云收破楼阁[①]，虹残水照断桥梁[②]。
　　风翻白浪花千片，雁点青天字一行。
　　好著丹青图写取[③]，题诗寄与水曹郎。

①蜃（shèn）散云收：古人以为海上空气折射所现
　幻景是蜃吐气而成。蜃，大蛤。
②断桥：在西湖孤山路口。
③好著：好用。取：助词，用在动词后。

代卖薪女赠诸妓

　　长庆年间在杭州作。作者在杭州多写风景，此
诗则写人，写了两种女子的不同生活。

　　乱蓬为鬓布为巾，晓踏寒山自负薪。
　　一种钱塘江畔女①，著红骑马是何人？

①一种：一样，同样。

正月十五日夜月

　　长庆年间在杭州作。此诗描写了杭州的繁华，
表现了诗人对杭州生活的留恋。

　　　　岁熟人心乐，朝游复夜游。
　　　　春风来海上，明月在江头。
　　　　灯火家家市，笙歌处处楼。
　　　　无妨思帝里①，不合厌杭州②。

①帝里：帝京。

②不合：不应。

馀思未尽加为六韵重寄微之

长庆三年（823）在杭州作。白居易与元稹在诗文创作上相互影响，并称"元、白"，此诗回顾总结了两人的创作成就，也表达了对朋友的深厚友情和关怀。此诗之前白居易作有一首《酬微之》，意犹未尽，又作此篇，故云"重寄"。

海内声华并在身，箧中文字绝无伦。美微之也。

遥知独对封章草①，忽忆同为献纳臣②。

走笔往来盈卷轴，予与微之前后寄和诗数百篇，近代无如此多有也。

除官递互掌丝纶③。予除中书舍人，微之撰制。微之除翰林学士，予撰制词。

制从长庆辞高古④，微之长庆初知制诰，文格高古，始变俗体，继者效之也。

诗到元和体变新⑤。众称元、白为千字律诗，或号元和格。

各有文姬才稚齿，蔡邕无儿，有女琰，字文姬。

俱无通子继馀尘[6]。陶潜小男名通子。
琴书何必求王粲，与女犹胜与外人[7]。

①封章：上给朝廷的章奏。长庆三年八月，元稹自
　同州刺史迁浙东观察使、越州刺史。
②献纳：指向朝廷进言。潘岳《关中诗》："愧无献
　纳，尸素已甚。"元和年间，白居易曾任左拾遗、
　翰林学士，元稹任监察御史，同在朝内。穆宗长庆
　初，白居易、元稹又同时在朝，先后任中书舍人。
③丝纶：指为皇帝起草的制诰。《礼记·缁衣》："王
　言如丝，其出如纶。"元稹于长庆元年（821）二
　月自祠部郎中、知制诰充翰林学士，拜中书舍人。
　时白居易任尚书主客郎中、知制诰。其年十月白
　居易转中书舍人，元稹尚在中书舍人、翰林学士
　任，故互为撰除官制词。
④制：制诰。长庆：唐穆宗年号。
⑤元和：唐宪宗年号。
⑥通子：陶渊明之子。白居易和元稹俱无子，只有
　女儿（元稹后得子），故以自况。
⑦琴书何必求王粲，与女犹胜与外人：《三国志·魏
　书·钟会传》裴松之注引《博物志》："蔡邕有书
　数万卷，末年载数车与（王）粲。"王粲，东汉
　末人，建安七子之一。

柘枝妓

　　长庆年间在杭州作。此诗描写了唐代著名的柘枝舞的演出情况，对舞女的服饰、舞姿等有细致的描绘。柘（zhè）枝，健舞曲名。其舞一说出西域石国，一说出南诏。

平铺一合锦筵开[①]，连击三声画鼓催。
红蜡烛移桃叶起[②]，紫罗衫动柘枝来[③]。
带垂钿胯花腰重[④]，帽转金铃雪面回。
看即曲终留不住，云飘雨送向阳台[⑤]。

①一合：一圈。锦筵：舞筵，为表演而铺设的筵席。
②桃叶：晋王献之妾名桃叶，吴声歌有《桃叶歌》，此指舞妓。
③紫罗衫：柘枝舞人衣五色罗衫。
④带垂钿胯：此写舞者腰间的装饰。
⑤阳台：宋玉《高唐赋》记楚王游高唐，梦与巫山神女会，去而辞曰："妾在巫山之阳，高丘之岨。且为朝云，暮为行雨。朝朝暮暮，阳台之下。"

板桥路

　　约作于长庆年间以前。此诗所回忆的情景，当与作者早年的情感经历有关。诗仅六句，戛然而止，绵绵情思尽在不言之中。板桥，在汴州（今河南开封）西。为东西交通要道。唐人《河东记》所载《板桥三娘子》故事，即发生于此。

> 梁苑城西二十里[①]，一渠春水柳千条。
> 若为此路今重过[②]？十五年前旧板桥。
> 曾共玉颜桥上别，不知消息到今朝。

①梁苑城：汴州，今河南开封。
②若为：为何。

青门柳

　　约作于长庆年间以前。折柳送别，为古人风俗。长安城东出南头名霸城门，以其色青，俗名为青门。此诗借咏长安青门之柳，叙写离别之伤感。

> 青青一树伤心色，曾入几人离恨中。
> 为近都门多送别，长条折尽减春风。

梨园弟子

　　约作于长庆年间以前。此诗以简短篇幅歌咏梨

园弟子的往事，借以感叹唐王朝的兴衰变化。梨园
弟子，见《长恨歌》注㉗。

白头垂泪话梨园，五十年前雨露恩。
莫问华清今日事，满山红叶锁宫门。

暮江吟

　　约作于长庆年间以前。此诗写暮江残照，色彩
对比鲜明，景色宛然如画。

一道残阳铺水中，半江瑟瑟半江红①。
可怜九月初三夜，露似真珠月似弓②。

①瑟瑟：一种宝珠，色碧。亦用以形容碧色。此指
　江水所呈碧色。
②真珠：即珍珠。

采莲曲

　　约作于长庆年间以前。此诗写江南采莲女的生
活，题材和风格都深受民歌影响。

菱叶萦波荷飐风，荷花深处小船通。

逢郎欲语低头笑，碧玉搔头落水中①。

①搔头：见《长恨歌》注⑳。

听夜筝有感

约作于长庆年间以前。此诗将不同时期对音乐
的不同感受加以对比，在短小篇幅内写出了人生易
逝的变化，在无奈的感叹中又加入诗人的自嘲。

江州去日听筝夜，白发新生不愿闻。
如今格是头成雪①，弹到天明亦任君。

①格是：又作"隔是"，已是之义。

琵琶

约作于长庆年间以前。此诗从"心无惆怅"落
笔，其实更进一层说明了音乐如何与人的情感相互
感发。

弦清拨利语铮铮①，背却残灯就月明。
赖是心无惆怅事，不然争奈子弦声②。

①拨利：唐代琵琶一般以左手抚弦、右手持拨演奏，
　　另有手弹的称为搊琵琶。铮铮：形容乐声响亮。
②子弦：唐代琵琶有四弦和五弦两种，子弦，指细
　　弦。

听弹湘妃怨

　　约作于长庆年间以前。此诗写对音乐的欣赏，
从琴曲中听出了演奏者的心声，表现了作者极高
的艺术欣赏能力和对音乐演奏者的同情。湘妃怨，
琴曲名，见于《琴操》，唐代又为大横吹部节鼓
二十四曲之一。

　　玉轸朱弦瑟瑟徽①，吴娃徵调奏湘妃②。
　　分明曲里愁云雨，似道萧萧郎不归③。
　　江南新词有云："暮雨萧萧郎不归。"

①轸（zhěn）：用以调音的琴轴。瑟瑟：一种宝珠，
　　原产西域。徽：琴面分别音阶高低的标识。
②吴娃：娃是吴越地区对年轻女子的称呼。徵
　　（zhǐ）调：乐调之一。《湘妃怨》属徵调曲。唐代
　　音乐中的徵调多为清商五调之遗。
③萧萧郎不归：此句直接采用歌女吴二娘之词。白
　　居易《寄殷协律》："吴娘暮雨萧萧曲，自别江南

更不闻。"自注:"江南吴二娘曲词云:暮雨萧萧
郎不归。"萧萧,雨声。后人写作"潇潇"。

花非花

　　约作于长庆以前时期。此诗意境朦胧,主题和
意象都十分模糊。但从所运用的"春梦""朝云"等
来去无踪的喻象来看,诗中所表现的大概还是与作
者情感经历有关的一种既挥之不去、又难以捕捉的
美好回忆。

　　花非花,雾非雾。
　　夜半来,天明去。
　　来如春梦几多时,去似朝云无觅处[1]。

[1]朝云:宋玉《高唐赋》记昔者楚王尝游高唐,怠
　　而昼寝,梦见一妇人曰:"妾,巫山之女也,为
　　高唐之客。闻君游高唐,愿荐枕席。"王因幸之,
　　去而辞曰:"妾在巫山之阳,高丘之岨。且为朝云,
　　暮为行雨。朝朝暮暮,阳台之下。"

画竹歌 并引

　　长庆年间在杭州作。这是一首题画之作,描绘

了萧悦画竹的高超画艺，显示了诗人丰富的艺术想像力。

协律郎萧悦善画竹①，举时无伦。萧亦甚自秘重，有终岁求其一竿一枝而不得者。知予天与好事，忽写一十五竿，惠然见投。予厚其意，高其艺，无以答贶，作歌以报之，凡一百八十六字云。

植物之中竹难写，古今虽画无似者。
萧郎下笔独逼真，丹青以来唯一人。
人画竹身肥拥肿，萧画茎瘦节节竦。
人画竹梢死羸垂，萧画枝活叶叶动。
不根而生从意生，不笋而成由笔成。
野塘水边碕岸侧，森森两丛十五茎。
婵娟不失筠粉态，萧飒尽得风烟情。
举头忽看不似画，低耳静听疑有声。
西丛七茎劲而健，省向天竺寺前石上见②。
东丛八茎疏且寒，忆曾湘妃庙里雨中看③。
幽姿远思少人别，与君相顾空长叹。
萧郎萧郎老可惜，手战眼昏头雪色。
自言便是绝笔时，从今此竹尤难得。

①萧悦：唐代名画家，尤以善画竹著称，官协律郎，白居易出守杭州时的僚属。

②天竺寺：在杭州。

③湘妃庙：即黄陵庙，祭祀舜之二妃（湘妃）。《水经注》湘水："湘水又径黄陵亭西，右合黄陵水口，其水上承大湖，湖水西流，径二妃庙南，世谓之黄陵庙也。言大舜之陟方也，二妃从征，溺于湘江。神游洞庭之渊，出入潇湘之浦。"前两句写天竺寺所见，是记杭州当地实见。这两句写湘妃庙，则是想像之词。传说湘中所产斑竹，为湘妃之泪所染。

吾庐

长庆四年（824）在洛阳作。时白居易官太子左庶子分司东都（洛阳）。诗中表现了作者自求闲退、吟风赏月的生活追求。

吾庐不独贮妻儿，自觉年侵身力衰。
眼下营求容足地，心中准拟挂冠时①。
新昌小院松当户②，履道幽居竹绕池③。
莫道两都空有宅，林泉风月是家资。

①挂冠：辞官不作。《后汉书·逢萌传》："时王莽杀其子宇，萌谓友人曰：'三纲绝矣！不去，祸将及人。'即解冠挂东都城门，归，将家属浮海，客

于辽东。"

②新昌：长安新昌坊白居易宅。见《竹窗》等诗注。

③履道：洛阳履道坊，白居易罢杭州归洛阳，在此
购宅。

九日宴集醉题郡楼兼呈周殷二判官

唐敬宗宝历元年（825）在苏州作，时白居易
出守苏州。此诗描写了郡楼宴会的欢快场景，陪衬
以姑苏山水和城市风光的描绘，但在纵情欢娱之外
诗人仍难掩盛时难久、人生易逝的悲哀。九日，农
历九月九日重阳节。周、殷二判官，指周元范、殷
尧藩。二人在白居易出守杭州、苏州时均为僚属。

前年九日馀杭郡，呼宾命宴虚白堂①。
去年九日到东洛②，今年九日来吴乡③。
两边蓬鬓一时白，三处菊花同色黄。
一日日知添老病，一年年觉惜重阳。
江南九月未摇落，柳青蒲绿稻穗香。
姑苏台榭倚苍霭④，太湖山水含清光⑤。
可怜假日好天色，公门吏静风景凉。
榜舟鞭马取宾客，扫楼拂席排壶觞。
胡琴铮㧙指拨剌⑥，吴娃美丽眉眼长。
笙歌一曲思凝绝，金钿再拜光低昂。

日脚欲落备灯烛，风头渐高加酒浆。
觥盏滟翻菡萏叶⑦，舞鬟摆落茱萸房。
半酣凭槛起四顾，七堰八门六十坊⑧。
远近高低寺间出，东西南北桥相望。
水道脉分栉鳞次，里闾棋布城册方。
人烟树色无隙罅，十里一片青茫茫。
自问有何才与政，高厅大馆居中央。
铜鱼今乃泽国节⑨，刺史是古吴都王。
郊无戎马郡无事，门有棨戟腰有章⑩。
盛时傥来合惭愧⑪，壮岁忽去还感伤。
从事醒归应不可，使君醉倒亦何妨。
请君停杯听我语，此语真实非虚狂。
五旬已过不为夭⑫，七十为期盖是常。
须知菊酒登高会，从此多无二十场。

① 虚白堂：在杭州府治内。白居易有《虚白堂》诗。

② 东洛：洛阳。居易于长庆四年（824）五月除太子左庶子分司东都，秋至洛阳。

③ 吴乡：指苏州，古吴地。

④ 姑苏台：传说吴王夫差为西施造以望越，在苏州胥门姑苏山山南，高三百尺。此泛指苏州楼台。

⑤ 太湖：在苏州西，古称震泽、五湖，周回五百里，为东南水都。

⑥ 铮摐：见《江楼夜吟元九律诗成三十韵》注。拨

剌（lá）：琴弦声。

⑦菡萏（hàn dàn）：荷花。此指酒盏样式。

⑧七堰：在州门外，用以蓄水。八门：苏州城东面
　　有娄门、匠门，西面有阊门、胥门，南面有盘门、
　　蛇门，北面有齐门、平门。六十坊：苏州城内坊
　　里，吴县三十坊，长洲县三十坊。

⑨铜鱼：鱼符，到任时用以验证，百官所持为铜制。
　　泽国：水国，指江南水乡。

⑩棨（qǐ）戟：官员出行时的仪仗之一，用以前驱。
　　此即指门戟。参见《夜归》注④。

⑪傥来：偶然而来。《庄子·缮性》："物之傥来，寄
　　者也。"

⑫五旬：五十岁。旬原以指日，唐人也用以表年。
　　夭：夭折，早亡。

霓裳羽衣歌　和微之①

　　宝历元年（825）在苏州作。《霓裳羽衣曲》是
唐代的著名舞曲，白居易用诗的语言叙述了这一舞
曲的表演过程，显示了以诗叙事的艺术魅力，也为
后人留下了唐代乐舞的珍贵资料。

　　我昔元和侍宪皇②，曾陪内宴宴昭阳③。
　　千歌百舞不可数，就中最爱霓裳舞。

舞时寒食春风天，玉钩栏下香案前。

案前舞者颜如玉，不著人家俗衣服。

虹裳霞帔步摇冠④，钿璎累累佩珊珊⑤。

娉婷似不任罗绮，顾听乐悬行复止⑥。

磬箫筝笛递相搀，击抺弹吹声逦迤⑦。

凡法曲之初，众乐不齐，唯金石丝竹次第发
声。《霓裳》序初亦复如此。

散序六奏未动衣，阳台宿云慵不飞⑧。

散序六遍无拍，故不舞也。

中序擘騞初入拍⑨，秋竹竿裂春冰坼⑩。

中序始有拍，亦名拍序。

飘然转旋回雪轻⑪，嫣然纵送游龙惊⑫。

小垂手后柳无力⑬，斜曳裾时云欲生。

四句皆《霓裳舞》之初态。

烟蛾敛略不胜态，风袖低昂如有情。

上元点鬟招萼绿，王母挥袂别飞琼⑭。

许飞琼、萼绿华，皆女仙也。

繁音急节十二遍，跳珠撼玉何铿铮⑮。

《霓裳曲》十二遍而终。

翔鸾舞了却收翅，唳鹤曲终长引声。

凡曲将毕，皆声拍促速。唯《霓裳》之末，长引一
声也。

当时乍见惊心目，凝视谛听殊未足。

一落人间八九年，耳冷不曾闻此曲。

溢城但听山魈语⑯，巴峡唯闻杜鹃哭⑰。

予自江州司马转忠州刺史。

移领钱塘第二年⑱，始有心情问丝竹。

玲珑箜篌谢好筝⑲，陈宠觱篥沈平笙⑳。

清弦脆管纤纤手，教得霓裳一曲成。

自玲珑已下，皆杭之妓名。

虚白亭前湖水畔㉑，前后只应三度按㉒。

便除庶子抛却来㉓，闻道如今各星散。

今年五月至苏州，朝钟暮角催白头。

贪看案牍常侵夜㉔，不听笙歌直到秋。

秋来无事多闲闷，忽忆霓裳无处问。

闻君部内多乐徒，问有霓裳舞者无？

答云七县十万户，无人知有霓裳舞。

唯寄长歌与我来，题作霓裳羽衣谱。

四幅花笺碧间红㉕，霓裳实录在其中。

千姿万状分明见，恰与昭阳舞者同。

眼前仿佛睹形质，昔日今朝想如一。

疑从魂梦呼召来，似著丹青图写出。

我爱霓裳君合知，发于歌咏形于诗。

君不见，我歌云，惊破霓裳羽衣曲。

《长恨歌》。

又不见，我诗云，曲爱霓裳未拍时㉖。

钱塘诗云。

由来能事皆有主，杨氏创声君造谱㉗。

开元中，西凉府节度杨敬述造。

君言此舞难得人，须是倾城可怜女。

吴妖小玉飞作烟㉒，夫差女小玉死后，形见
于玉，其母抱之，霏微若烟雾散空。

越艳西施化为土㉓。

娇花巧笑久寂寥，娃馆苎萝空处所㉚。

如君所言诚有是，君试从容听我语。

若求国色始翻传，但恐人间废此舞。

妍蚩优劣宁相远，大都只在人抬举。

李娟张态君莫嫌，亦拟随宜且教取。

娟、态，苏妓之名。

① 霓裳羽衣：舞曲名。参见《长恨歌》注⑭。微之：
元稹字微之。时任浙东观察使、越州刺史。

② 元和：唐宪宗李纯年号（806—820）。宪皇：指
唐宪宗。白居易在宪宗朝曾任左拾遗、翰林学士。

③ 昭阳：汉昭阳殿。此借用。参见《长恨歌》注㊸。

④ 虹裳霞帔（pèi）：形容舞者服装的华美。帔，披
肩。步摇：见《长恨歌》注⑦。

⑤ 钿璎：宝钿装饰的璎珞。累累：下垂貌。珊珊：
玉佩的响声。

⑥ 乐悬：钟、磬等乐器，按一定制度悬挂演奏。《新
唐书·礼乐志》："乐悬之制，宫悬四面，天子用
之……凡横者为簨，植者为虡。虡以悬钟磬，皆

十有六，周人谓之一堵，而唐人谓之一虡。"

⑦击、捊（yè）、弹、吹：各种乐器的演奏方法。钟、磬等撞击，箫、笛等用口吹并以手捊（捺），筝等以手弹。逦迤（lǐ yǐ）：同"迤逦"，连延不断。

⑧阳台宿云：用《高唐赋》朝云典故，见《花非花》注。

⑨擘騞（bò huō）：象声词。《庄子·差生主》："砉然向然，奏刀騞然。"杜甫《有事于南郊赋》："柴燎窟块，騞擘焘赫。"

⑩坼（chè）：开裂。

⑪回雪：形容舞姿之轻柔飘举。张衡《舞赋》："裾似飞燕，袖如回雪。"曹植《洛神赋》："仿佛兮若轻云之蔽月，飘飖兮若流风之回雪。"

⑫游龙：形容舞姿之婉转。宋玉《神女赋》："忽兮改容，婉若游龙乘云翔。"曹植《洛神赋》："翩若惊鸿，婉若游龙。"

⑬小垂手：舞姿。《乐府诗集》卷七六引《乐府解题》："《大垂手》《小垂手》，皆言舞而垂其手也。"

⑭上元：上元夫人。萼绿：萼绿华，女仙。《云笈七签》卷九七："萼绿华者，仙女也。年二十许，上下青衣，颜色绝整。以晋穆帝升平三年己未十一月十日夜降于羊权家，自云是南山人，不知何山也。"王母：西王母。飞琼：许飞琼，女仙。《汉

武帝内传》："王母……又命侍女许飞琼鼓震灵之
簧，侍女阮凌华拊五灵之石"，"王母乃遣侍女郭
密香，与上元夫人相问……帝因为上元夫人由。
王母曰：'是三天真皇之母，上元之官，统领十方
玉女之名录者也。'当二时许，上元夫人至，来
时亦闻云中箫鼓之声。"

⑮跳珠撼玉：形容乐声。铿铮：乐音响亮。

⑯溢城：江州。见《登香炉峰顶》注④。山魈
　(xiāo)：山怪。传说为独足反踵，手足三歧。

⑰巴峡：长江三峡。杜鹃：杜鹃鸟，鸣声凄厉。

⑱钱塘：杭州。白居易于长庆二年（822）出守杭
　州，参见《咏怀》等诗。

⑲玲珑：姓商。与谢好、陈宠、沈平均为杭州乐妓。
　箜篌（kōng hóu）：一种拨弦乐器。

⑳觱篥（bì lì）：又作"筚篥"，亦名笳管。一种簧
　管乐器。

㉑虚白亭：又名虚白堂，在杭州府治内。

㉒按：演奏。

㉓除庶子：白居易于长庆四年（824）五月除太子左
　庶子分司东都，离杭州赴洛阳。来：助词。

㉔案牍：公案文书。侵夜：入夜。

㉕花笺：彩色信笺。

㉖曲爱霓裳未拍时：此句诗见杭州所作《重题别
　东楼》。

㉗杨氏：杨敬述。唐人传说，道士叶法善引明皇入
　　月宫，闻乐归，笛写其半。会西凉府都督杨敬述
　　进《婆罗门曲》，声调相合，玄宗遂以月中所闻
　　为散序，杨敬述所进为其腔，制《霓裳羽衣曲》。
　　由传说可知，《霓裳羽衣曲》是根据《婆罗门曲》
　　改编的。

㉘小玉：参见《长恨歌》注㊳。

㉙西施：越女，越王勾践将其与郑旦献于吴王夫差，
　　夫差为修姑苏台，以望越。

㉚娃馆：馆娃宫。吴王夫差所建，用以居西施。故
　　址在苏州砚石山。吴人呼美女为娃。苧（zhù）
　　萝：据《吴越春秋》《越绝书》，西施、郑旦为苧
　　萝山女。

小童薛阳陶吹觱篥歌　和浙西李大夫作①

　　宝历元年（825）在苏州作。白居易是描写音
乐的高手，此诗描写的觱篥是一种今人已不太熟悉
的古老簧管乐器，但通过诗人的描摹形容，读者仿
佛仍能聆听到这美妙的乐声。

　　剪削干芦插寒竹，九孔漏声五音足②。
　　近来吹者谁得名？关璀老死李衮生③。
　　衮今又老谁其嗣？薛氏乐童年十二。

指点之下师授声，含嚼之间天与气。
润州城高霜月明④，吟霜思月欲发声。
山头江底何悄悄，猿鸟不喘鱼龙听。
翕然声作疑管裂⑤，讪然声尽疑刀截⑥。
有时婉软无筋骨，有时顿挫生棱节⑦。
急声圆转促不断，轹轹辚辚似珠贯⑧。
缓声展引长有条，有条直直如笔描。
下声乍坠石沉重，高声忽举云飘萧⑨。
明旦公堂陈宴席，主人命乐娱宾客。
碎丝细竹徒纷纷，宫调一声雄出群⑩。
众音覗缕不落道⑪，有如部伍随将军。
嗟尔阳陶方稚齿，下手发声已如此。
若教头白吹不休，但恐声名压关李。

① 浙西李大夫：李德裕。时任浙西团练观察使、润
　 州刺史。薛阳陶是他的乐童，后曾为浙西小校。
　 李德裕原作已佚，同时刘禹锡、元稹均有和作。
② 九孔漏声：《太平御览》卷五八四引《乐部》："觱
　 篥者，笳管也。卷芦为头，截竹为管，出于胡地。
　 制法角音，九孔漏声，五音咸备。唐以编入卤部，
　 名为笳管，用之雅乐，以为雅管。六窍之制，则
　 为凤管。旋宫转器，以应律管者也。"五音：指
　 宫、商、角、徵、羽五声音阶。
③ 关璀（cuǐ）、李衮（gǔn）：均为当时的著名乐手，

具体事迹不详。

④润州：今江苏镇江。浙西观察使治所。

⑤翕（xī）然：乐音和谐。陈窈《筝赋》："翕然若绝，皎如复回。"

⑥诎（qū）然：乐音止息。张仲素《反舌无声赋》："又似环佩之齐鸣，诎然声尽。"

⑦棱节：犹言棱角。

⑧轹轹（lì）、辚辚（lín）：均为象声词。张志和《鸳鸯》："雷之声填然曰：谋轰轰乎轹轹，忽莘莘乎虩虩。"《楚辞·九歌·大司命》："乘龙兮辚辚，高驰兮冲天。"王逸注："辚辚，车声。"

⑨飘萧：飘动貌。杜甫《义鹘行》："飘萧觉素发，凛欲冲儒冠。"

⑩宫调：乐调之一。古人以宫为君，故宫调为主调。

⑪覙（luó）缕：形容乐音委婉有条理。

和微之听妻弹《别鹤操》
因为解释其义依韵加四句

宝历元年（825）在苏州作。古代礼教有无子出妻之条，由此造成无数家庭悲剧。白居易和元稹二人均无子，因此听到叙写这种悲剧的《别鹤操》曲感触犹深。诗中表达了对夫妻情义的珍重，同时也对灭情无义的礼教进行了批判。《别鹤操》：琴曲名。传说为商陵牧子所作。《琴操·别鹤操》："《别鹤操》者，商陵牧子所作也。牧子娶妻五年，无子，父兄将欲为改娶。妻闻之，中夜惊起，倚户悲啸。牧子闻之，援琴鼓之。痛恩爱之永离，因弹别鹤以舒情，故曰《别鹤操》。后仍为夫妇。"

义重莫若妻，生离不如死。
誓将死同穴①，其奈生无子。
商陵迫礼教，妇出不能止。
舅姑明旦辞②，夫妻中夜起。
起闻双鹤别，若与人相似。
听其悲唳声，亦如不得已。
青田八九月③，辽城一万里④。
徘徊去住云，呜咽东西水。
写之在琴曲，听者酸心髓。
况当秋月弹，先入忧人耳。
怨抑掩朱弦，沉吟停玉指。
一闻无儿叹，想念两如此。
无儿虽薄命，有妻偕老矣⑤。
幸免生别离，犹胜商陵氏。

① 死同穴：《诗经·王风·大车》："穀则异室，死则同穴。谓予不信，有如皦日。"谓夫妻死后当葬于一室。
② 舅姑：丈夫的父母。

③青田：《艺文类聚》卷九十引《永嘉郡记》："有沐
　沐溪，野青田九里中，有双白鹤，年年生子，长
　大便去，只恒馀父母一双在耳。"

④辽城：《艺文类聚》卷七八引《搜神记》："辽东城
　门有华表柱，忽有一白鹤集柱头。时有少年，举
　弓欲射之，鹤乃飞，徘徊空中而言曰：有鸟有鸟
　丁令威，去家千岁今来归。城郭如故人民非，何
　不学仙冢垒垒。"这两句从《别鹤操》故事稍稍
　引发，引用与鹤有关的其他典故。

⑤偕老：《诗经·鄘风·君子偕老》："君子偕老，副
　笄六珈。"谓夫妻白头到老。

答刘禹锡白太守行

　　宝历二年（826）白居易因眼病肺伤，请百日
长假，假满遂罢苏州刺史。刘禹锡作《白太守行》，
称赞他"抛官归旧溪"。白居易作此答诗，表达了
他对州民的惭愧之情。刘禹锡，字梦得。时自和州
刺史征还，与白居易相遇于途中。刘、白二人多有
诗篇唱和。

　　　吏满六百石，昔贤辄去之[①]。
　　　秩登二千石[②]，今我方罢归。
　　　我秩讶已多，我归惭已迟。

犹胜尘土下，终老无休期。
卧乞百日告，起吟五篇诗③。
朝与府吏别，暮与州民辞。
去年到郡时，麦穗黄离离。
今年去郡日，稻花白霏霏。
为郡已周岁，半岁罹旱饥。
襦袴无一片④，甘棠无一枝⑤。
何乃老与幼，泣别尽沾衣。
下惭苏人泪，上愧刘君辞。

①昔贤：指邴曼容。《汉书·龚胜传》："（邴）汉兄
　子曼容亦养志自修，为官不肯过六百石，辄自免
　去，其名过出于汉。"
②二千石：汉太守秩二千石，唐州刺史与太守相当。
③五篇诗：原注："谓将罢官《自咏》五首。"《自
　咏》五首见于白集。
④襦袴（rú kù）：襦是短衣，袴是套裤。《后汉
　书·廉范传》：廉范为蜀郡太守，成都邑宇逼侧，
　旧制禁民夜作，以防火灾，而民更相隐蔽，烧者
　日属。范乃毁削先令，但严使储水而已。百姓为
　便，乃歌曰："廉叔度，来何暮。不禁火，民安
　作。平生无襦今五绔。"
⑤甘棠：《诗经·召南·甘棠》："蔽芾甘棠，勿翦勿
　伐，召伯所茇。"传说召伯巡行南国，憩甘棠树

下。人思其德，而作此诗。

醉赠刘二十八使君

宝历二年（826）作。此诗称赞了刘禹锡的才华，为他的坎坷命运而感叹，抒发了两人的同病相怜之情。刘二十八使君，即刘禹锡。

为我引杯添酒饮①，与君把箸击盘歌②。
诗称国手徒为尔③，命压人头不奈何④。
举眼风光长寂寞，满朝官职独蹉跎⑤。
亦知合被才名折⑥，二十三年折太多⑦。

①引杯添酒：斟满酒杯。
②箸（zhù）：同"箸"，筷子。
③国手：指国内最优秀的人才。徒为尔：白白努力。
④不奈何：无可奈何。
⑤蹉跎（cuō tuó）：光阴虚度。
⑥折：折损，损害。
⑦二十三年：刘禹锡自顺宗永贞元年（805）因参与王叔文集团政治革新，被贬连州刺史、朗州司马，元和十年（815）一度召还，旋又因触怒执政迁外任，至本年始自和州刺史召还，前后经二十二年。诗称"二十三年"，乃因调协平仄之故。

太湖石

　　文宗大和元年（827）在洛阳作。赏石之风气兴起于中唐，白居易也是最早的收藏、鉴赏者之一。此诗在对太湖石的描摹刻画中，显示了诗人的独到眼光和想象力。白居易《太湖石记》："石有族聚，太湖为甲，罗浮、天竺之徒次焉。"太湖石出于太湖洞庭山，以生水中者为贵。石在水中为波涛所击，皆成嵌空。石面鳞皴，名弹窝，亦名痕。

　　烟翠三秋色，波涛万古痕。
　　削成青玉片，截断碧云根①。
　　风气通岩穴，苔文护洞门。
　　三峰具体小②，应是华山孙③。

①碧云根：古人谓云起于深山高深之处，故称山石
　　为云根。
②具体小：具体而微，肖似但缩小。
③华山：西岳华山，在今陕西华阴。

和自劝二首

　　大和三年（829）在长安任刑部侍郎时作。作者此时官职渐高，生活优裕，但在此诗中仍表达

了勤政恤民的自劝之意。这两首诗是《和微之诗二十三首》中的两首，时元稹以近作四十三首寄与白居易，白依韵继和。

其一

稀稀疏疏绕篱竹，窄窄狭狭向阳屋。
屋中有一曝背翁，委置形骸如土木[1]。
日暮半炉麸炭火[2]，夜深一盏纱笼烛。
不知有益及民无，二十年来食官禄。
就暖移盘檐下食，防寒拥被帷中宿。
秋官月俸八九万[3]，岂徒遣尔身温足？
勤操丹笔念黄沙[4]，莫使饥寒囚滞狱。

[1] 形骸：身体。《世说新语·容止》："刘伶身长六尺，貌甚丑悴，而悠悠忽忽，土木形骸。"

[2] 麸炭：又作"浮炭"。谓炭投之水中能浮。

[3] 秋官：刑部官员。《周礼·秋官·司寇》："乃立秋官司寇，使帅其属而掌邦禁，以佐王刑邦国。"唐光宅元年改刑部为秋官。月俸八九万：《唐会要》卷九一记贞元以后内外官月俸，诸司侍郎"各八十贯文"，八十贯即八万钱。

[4] 丹笔：朱笔，判案所用。黄沙：指监狱。《晋书·武帝纪》："（太康五年）六月，初置黄沙狱。"

其二

急景凋年急于水^①，念此揽衣中夜起。
门无宿客共谁言，暖酒挑灯对妻子。
身饮数杯妻一盏^②，馀酌分张与儿女^③。
微酣静坐未能眠，风霰萧萧打窗纸。
自问有何才与术，入为丞郎出刺史。
争知寿命短复长，岂得营营心不止？
请看韦孔与钱崔^④，半月之间四人死。

韦中书、孔京兆、钱尚书、崔华州，十五日间
相次而逝。

①急景：冬季日短。景，日光。凋年：岁末残年。
　鲍照《舞鹤赋》："于是穷阴杀节，急景凋年。"急
　于水：《论语·子罕》："子在川上曰：逝者如斯夫，
　不舍昼夜。"水，流水。
②身饮：自饮。
③分张：分配，分给。
④韦、孔、钱、崔：韦中书为韦处厚，文宗即位拜
　中书侍郎、同中书门下平章事。孔京兆为孔戣，
　大和二年任京兆尹。钱尚书为钱徽，以吏部尚书
　致仕。崔华州为崔植，时为华州刺史。四人为白
　居易好友，相继卒于大和二年十二月至大和三年
　正月间。

晚桃花

大和三年（829）在长安作。此诗由桃花晚放连想到寒士易弃，表达了深深的感叹。

一树红桃亚拂地①，竹遮松荫晚开时。
非因斜日无由见，不是闲人岂得知？
寒地生材遗校易②，贫家养女嫁常迟。
春深欲落谁怜惜，白侍郎来折一枝③。

①亚：通“压”，使低。杜甫《上巳日徐司录林园宴
　集》：“鬓毛垂领白，花蕊亚枝红。”
②校：通“较”，比较，较为。
③白侍郎：白居易时为刑部侍郎。

引泉

大和三年（829）在洛阳作。是年白居易罢刑部侍郎，以太子宾客分司东都。此诗表现了作者自求闲退、以止足为乐的思想，描写了闲居生活的乐趣。

一为止足限①，二为衰疾牵。
邴罢不因事②，陶归非待年③。

归来嵩洛下④，闭户何翛然⑤。
静扫林下地，闲疏池畔泉。
伊流狭似带⑥，洛石大如拳。
谁教明月下，为我声溅溅⑦。
竟夕舟中坐，有时桥上眠。
何用施屏障，水竹绕床前。

①止足：《老子》四十四章："知足不辱，知止不殆。"
②邴罢：《汉书·龚胜传》："初，琅邪邴汉亦以清行
　征用，至京兆尹，后为太中大夫。王莽秉政，胜
　与汉俱乞骸骨……于是胜、汉遂归老于乡里。"
　邴，邴汉。
③陶归：陶渊明《归去来兮辞序》："犹望一稔，当
　敛裳宵逝。寻程氏妹丧于武昌，情在骏奔，自免
　去职。仲秋至冬，在官八十馀日。"陶，陶渊明。
④嵩：嵩山，在河南登封。洛：洛水，流经洛阳。
⑤翛（xiāo）然：自由自在。《庄子·大宗师》："翛
　然而往，翛然而来。"
⑥伊流：伊水，在洛阳东与洛水汇合。
⑦溅溅（jiān）：水疾流貌。

老戒

大和三年（829）作。此诗对老年人的行为和

心理特点做了准确、精练的概括，既是自我反省和解嘲，也是对旁人的善意告戒。

> 我有白头戒，闻于韩侍郎①。
> 老多忧活计，病更恋班行②。
> 矍铄夸身健，周遮说话长③。
> 不知吾免否，两鬓已成霜。

①韩侍郎：韩愈，官兵部侍郎。韩愈卒于长庆四年
　（824），此时已去世。
②班行：朝班。
③周遮：罗嗦多话。

耳顺吟寄敦诗梦得

　　大和五年（831）在洛阳作。作者此年六十，作此诗与朋友互勉，以顺其自然的态度对待老年的到来，摆脱恐惧和哀伤的心情。耳顺，六十岁。《论语·为政》：“六十而耳顺。”敦诗，即崔群，字敦诗。官吏部尚书。梦得，刘禹锡。二人为居易好友。白居易《花前有感兼呈崔相公刘郎中》：“何事同生壬子岁，老于崔相及刘郎？”崔、刘与居易同岁，均值耳顺之年。

三十四十五欲牵①，七十八十百病缠。
五十六十却不恶，恬淡清净心安然。
已过爱贪声利后，犹在病羸昏耄前②。
未无筋力寻山水，尚有心情听管弦。
闲开新酒尝数盏，醉忆旧诗吟一篇。
敦诗梦得且相劝，不用嫌他耳顺年。

①五欲：佛教称眼知色、耳闻声、鼻知香、舌知味、
身知触，人所贪著，为五欲。
②昏耄（mào）：昏乱。

哭崔儿

　　大和五年（831）在洛阳作。白居易老年得子
又丧，悲痛失望之情尤为沉重。此诗表达的便是这
种深重的哀伤。崔儿，居易子，大和三年生，三岁
而卒。

掌珠一颗儿三岁，鬓雪千茎父六旬①。
岂料汝先为异物，常忧吾不见成人②。
悲肠自断非因剑，啼眼加昏不是尘。
怀抱又空天默默，依前重作邓攸身③。

①六旬：六十岁。

②二句倒装，即"常忧吾不见（汝）成人，岂料汝先为异物"。

③邓攸：《晋书·邓攸传》："邓攸字伯道……永嘉末，没于石勒……石勒过泗水，攸乃斫坏车，以牛马负妻子而逃。又遇贼，掠其牛马，步走，担其儿及其弟子绥。度不能两全，乃谓其妻曰：'吾弟早亡，唯有一息，理不可绝，止应自弃我儿耳。幸得而存，我后当有子。'妻泣而从之，乃弃之。其子朝弃而暮及。明日，攸系之于树而去……攸弃子之后，妻不复孕。过江，纳妾。甚宠之，讯其家属，说是北人遭乱，忆父母姓名，乃攸之甥。攸素有德行，闻之感恨，遂不复畜妾，卒以无嗣。时人义而哀之，为之语曰：天道无知，使邓伯道无儿。"

新制绫袄成感而有咏

大和五年（831）在洛阳作。此诗由自己一身独暖而联想到百姓多寒，与早年所作《新制布裘》诗主题相通，表达了作者的美好愿望。

水波文袄造新成①，绫软绵匀温复轻。
晨兴好拥向阳坐，晚出宜披蹋雪行。
鹤氅毳疏无实事②，木绵花冷得虚名③。
宴安往往欢侵夜，卧稳昏昏睡到明。

百姓多寒无可救，一身独暖亦何情？
心中为念农桑苦，耳里如闻饥冻声。
争得大裘长万丈，与君都盖洛阳城？

①水波文：绫的花纹如水波。
②鹤氅：鸟羽所制外套。《世说新语·企羡》："孟昶
　未逢时，家在京口。尝见王恭乘高舆，被鹤氅裘。
　于时微雪，昶于篱间窥之，叹曰：'此真神仙中
　人！'"氄（cuì）：鸟兽细毛。
③木绵：即草棉（棉花），古亦称木绵。《资治通鉴》
　卷二八五："地衣，春夏用角簟，秋冬用木绵。"
　胡三省注："木绵，今南方多有焉。于春中作畦种
　之，至夏秋之交结实，至秋半，其实之外皮四裂，
　中踊出，白如绵。土人取而纺之，织以为布，细
　密厚暖，宜以御冬。"

忆旧游　寄刘苏州①

　　大和六年（832）在洛阳作。此诗表达了诗人
对苏州生活以及友人的怀念。

　　忆旧游，旧游安在哉？
　　旧游之人半白首，旧游之地多苍苔。
　　江南旧游凡几处，就中最忆吴江隈②。

长洲苑绿柳万树[3]，齐云楼春酒一杯[4]。
阊门晓严旗鼓出[5]，皋桥夕闹船舫回[6]。
修娥慢脸灯下醉[7]，急管繁弦头上催。
六七年前狂烂漫，三千里外思徘徊。
李娟张态一春梦[8]，周五殷三归夜台[9]。
虎丘月色为谁好[10]，娃宫花枝应自开[11]。
赖得刘郎解吟咏，江山气色合归来。

①刘苏州：刘禹锡。时任苏州刺史。

②吴江：即松江，又名吴江。今名吴淞江。隈
　（wēi）：山水曲折处。

③长洲苑：吴国旧苑，在苏州。左思《吴都赋》：
　"佩长洲之茂苑。"

④齐云楼：在苏州郡治后子城上。

⑤阊门：苏州西门之一。传为吴王阖闾所作。

⑥皋桥：在阊门内，汉皋伯通居此桥侧，因名之。

⑦娥：通"蛾"，蛾眉。慢脸：又作"曼脸"，形容
　脸色光泽。元稹《会真诗》："慢脸含愁态，芳词
　誓素衷。"

⑧李娟、张态：苏州歌妓。

⑨周五：周元范。殷三：殷二十三之省称，殷尧藩。
　二人为白居易在苏州时的下属。夜台：泉下，冥
　间。阮瑀《七哀诗》："良时忽一过，身体为土灰。
　冥冥九泉室，漫漫长夜台。"周、殷二人此时已卒。

⑩虎丘：虎丘山，避唐讳又作"武丘"。在苏州。

⑪娃宫：馆娃宫，见《霓裳羽衣歌》注㉙。

杨柳枝词

　　大和年间在洛阳作。这组诗是作者为流行曲调写的歌词，共八首，以歌咏杨柳为贯联线索，描写各种相思离别的场面，这里选录了其中的四首。古乐府有《折杨柳》。隋曲有《柳枝》，唐教坊曲作《杨柳曲》。白居易作《杨柳枝》，翻入健舞曲，与旧曲不同。古有折柳送别的习俗，《杨柳枝》词亦多描写离情别绪。

　　依依袅袅复青青，勾引春风无限情。
　　白雪花繁空扑地，绿丝条弱不胜莺。

　　红板江桥青酒旗，馆娃宫暖日斜时。
　　可怜雨歇东风定，万树千条各自垂。

　　叶含浓露如啼眼，枝袅轻风似舞腰。
　　小树不禁攀折苦，乞君留取两三条。

　　人言柳叶似愁眉，更有愁肠似柳丝。
　　柳丝挽断肠牵断，彼此应无续得期。

浪淘沙词

　　大和年间在洛阳作。这组诗也是歌词，内容既有表现爱情的，也有感叹人生失意的，共六首，这里选录了其中的四首。浪淘沙，曲调名，见于《教坊记》，为唐代教坊曲。同时刘禹锡有作。

　　一泊沙来一泊去，一重浪灭一重生。
　　相搅相淘无歇日，会教山海一时平。

　　青草湖中万里程①，黄梅雨里一人行②。
　　愁见滩头夜泊处，风翻暗浪打船声。

　　借问江潮与海水，何似君情与妾心？
　　相恨不如潮有信，相思始觉海非深。

　　海底飞尘终有日③，山头化石岂无时④？
　　谁道小郎抛小妇，船头一去没回期。

①青草湖：见《自蜀江至洞庭湖口有感而作》注⑥。
②黄梅雨：江南四、五月多雨，称梅雨。《初学记》
　　卷二引萧绎《纂要》："梅熟而雨曰梅雨。"
③海底飞尘：谓沧海变桑田。《神仙传》卷七："麻

姑自说云：'接侍以来，已见东海三为桑田。向到
蓬莱，水又浅于往者会时略半也。岂将复还为陵
陆乎？'方平笑曰：'圣人皆言海中复扬尘也。'"
④山头化石：《幽明录》："武昌北山上有望夫石，状
如人立。俗传云：古者有贞妇，其夫从役远征，
饯送此山，立望夫而死，化为石，因以名山。"

读《老子》

大和八年（834）在洛阳作。此诗以子之矛攻
子之盾，对《老子》"知者不言"说提出质疑。

言者不知知者默①，此语吾闻于老君。
若道老君是知者，缘何自著五千文②？

①言者不知：《老子》五十六章："知者不言，言者不知。"
②五千文：指《老子》，计五千字。

读《庄子》

大和八年（834）在洛阳作。此诗对《庄子》
齐物说表示赞同，但又有所保留。

庄生齐物同归一①，我道同中有不同。

遂性逍遥虽一致②，鸾凰终校胜蛇虫③。

①庄生齐物：《庄子·齐物论》："天下莫大于秋豪之
　末，而太山为小；莫寿乎殇子，而彭祖为夭。天
　地与我并生，而万物与我为一。"
②逍遥：《庄子》有《逍遥游》篇。
③鸾凰：鸾与凰，均为凤属。《离骚》："鸾皇为余先
　戒兮，雷师告余以未具。"校：同"较"，比较。

九年十一月二十一日感事而作 其日独游香山寺①

　　大和九年（835）在洛阳作。本年十一月
二十一日，宰相李训与郑注等同谋，奏金吾左仗院
石榴树甘露降祥，欲因文帝幸观之时尽诛宦官，被
宦官仇士良等察觉，劫文帝入内，杀李训及宰相王
涯、贾𫗧、舒元舆并朝官从吏六七百人，史称甘露
之变。时白居易远在洛阳，作此诗悲之。

　　祸福茫茫不可期，大都早退似先知。
　　当君白首同归日②，是我青山独往时。
　　顾索素琴应不暇③，忆牵黄犬定难追④。
　　麒麟作脯龙为醢⑤，何似泥中曳尾龟⑥？

①香山寺：在洛阳龙门山。

②白首同归：《晋书·潘岳传》载：潘岳赠石崇《金谷诗》，有"投分寄石友，白首同所归"句。潘岳后为孙秀所诬，与石崇同日处死，谓石崇曰："可谓白首同所归。"前所作诗成谶语。

③索素琴：用嵇康事。《世说新语·雅量》："嵇中散临刑东市，神气不变，索琴弹之，奏《广陵散》。曲终，曰：'袁孝尼尝请学此散，吾靳固不与，《广陵散》于今绝矣。'"

④牵黄犬：《史记·李斯列传》载，李斯为赵高所陷，临刑之时谓其次子："吾欲与若复牵黄犬，俱出上蔡东门逐狡兔，岂可得乎？"

⑤麒麟作脯：《神仙传》载，仙人王方平以麒麟脯招待麻姑。龙为醢（hǎi）：《左传·昭公二十九年》载，夏后孔甲时有刘累，学扰龙于豢龙氏，龙一雌死，潜醢以食夏后。醢，肉酱。

⑥曳尾龟：《庄子·秋水》载，庄子以楚之神龟为喻，谓："此龟者，宁其死为留骨而贵乎？宁其生而曳尾于涂中乎？"

咏史 　九年十一月作

　　大和九年（835）作。此诗也是为甘露之变而作，主要表达了诗人全身远害、躲避险恶政局的思想。

秦磨利刀斩李斯^①，齐烧沸鼎烹郦其^②。
可怜黄绮入商洛^③，闲卧白云歌紫芝。
彼为俎醢机上尽^④，此作鸾凰天外飞。
去者消遥来者死，乃知祸福非天为。

①李斯：秦始皇时为丞相。秦二世即位后，为赵高
　　所陷，被处死。参见上诗注。
②郦其：即郦食其。《史记·郦生陆贾列传》载，郦
　　食其为汉王画策，说齐王田广。田广听郦生，罢
　　历下兵守战备，与郦生日纵酒。淮阴侯韩信闻郦
　　生伏轼下齐七十馀城，夜度兵平原袭齐。齐王闻
　　汉兵至，以为郦生卖己，曰："汝能止汉军，我活
　　汝。不然，我将烹汝。"郦生曰："举大事不细谨，
　　盛德不辞让。而公不为若更言！"齐王遂烹郦生。
③黄绮：夏黄公、绮里季，与东园公、用里先生秦
　　末同隐居商洛，称四皓。《高士传》载，四皓隐
　　居商山，作歌云："莫莫高山，深谷逶迤。晔晔紫
　　芝，可以疗饥。"
④俎（zǔ）：割肉的砧板。《史记·项羽本纪》："如
　　今人方为刀俎，我为鱼肉。"机：案板，与俎同。
　　《太平御览》卷八四六引《魏志》："质案剑曰：'曹
　　子丹，汝非屠机上肉。'"

哭师皋

　　文宗开成元年（836）在洛阳作。诗为悼念杨虞卿而作，也表达了对政局险恶、冤狱丛生的痛恨和悲哀。杨虞卿，字师皋。白居易之妻杨氏的从父兄。大和九年拜京兆尹。其年六月，长安传言宰相郑注为皇帝合金丹，须用小儿心肝，民间纷攘，扃锁小儿甚密。御史大夫李固言疾恨杨虞卿，奏言："此语出于京兆尹从人，因此扇于都下。"文宗收虞卿下狱，贬虔州司马，再贬虔州司户。虞卿卒于贬所，本年归葬洛阳。

　　南康丹旐引魂归[①]，洛阳篮舁送葬来[②]。
　　北邙原边尹村畔[③]，月苦烟愁夜过半。
　　妻孥兄弟号一声[④]，十二人肠一时断。
　　往者何人送者谁？乐天哭别师皋时。
　　平生分义向人尽，今日哀冤唯我知。
　　我知何益徒垂泪，篮舆回竿马回辔。
　　何日重闻扫市歌[⑤]，谁家收得琵琶妓？
　　师皋醉后善歌《扫市词》。又有小妓攻琵琶，不知今落何处。
　　萧萧风树白杨影，苍苍露草青蒿气。
　　更就坟边哭一声，与君此别终天地。

①南康：南康郡，即虔州，今江西赣州。丹旐
　（zhào）：导引灵柩的铭旌。

②篮舁（yú）：即篮舆，竹轿。

③北邙（máng）：北邙山，在洛阳城北，汉魏以来为
　葬地所在。

④妻孥（nú）：妻子儿女。

⑤扫市歌：崔令钦《教坊记》记有"扫市舞"，"扫
　市"之义待解。

忆江南词

　　开成年间在洛阳作。这是一组词作，共三首，
记录了作者对江南生活的美好回忆。忆江南，作者
原注："此曲亦名《谢秋娘》，每首五句。"《乐府诗
集》卷八三："《忆江南》，一名《望江南》。《乐府
杂录》曰：《望江南》，本名《谢秋娘》。李德裕镇
浙西，为妾谢秋娘所制，后改为《望江南》。因白
氏词，后遂改名《江南好》。"

　　江南好，风景旧曾谙①。
　　日出江花红胜火，春来江水绿如蓝②。
　　能不忆江南？
　　江南忆，最忆是杭州。
　　山寺月中寻桂子③，郡亭枕上看潮头④。

何日更重游？

江南忆，其次是吴宫。
吴酒一杯春竹叶⑤，吴娃双舞醉芙蓉。
早晚复相逢⑥？

①谙（ān）：熟悉。
②蓝：蓝靛，用作染料。《荀子·劝学》："青取之于
　蓝，而青于蓝。"
③山寺：指杭州灵隐寺。白居易《东城桂》自注：
　"旧说杭州天竺寺每岁秋中有月桂子堕。"《南部新
　书》："杭州灵隐山多桂，寺僧曰：'此月中种也。'
　至今中秋望夜，往往子坠，寺僧亦尝拾得。"
④潮头：钱塘江潮。
⑤竹叶：竹叶青，酒名。张协《七命》："乃有荆南
　乌程、豫北竹叶，浮蚁星沸，飞华萍接。"庾信
　《春日离合诗》："三春竹叶酒，一曲鹍鸡弦。"
⑥早晚：何时。

自解

　　此诗为开成四年（839）所作《病中诗十五首》
之一。此诗借宿世之说，表达了自己对诗歌艺术的
强烈眷恋。

房传往世为禅客^①， <small>世传房太尉前生为禅客，
与娄师德友善，慕其为人，故今生有娄之遗风也。</small>

王道前身应画师^②。 <small>王右丞诗云："宿世是词
客，前身应画师。"</small>

我亦定中观宿命^③，多生债负是歌诗。

不然何故狂吟咏，病后多于未病时？

①房：房琯，肃宗时为相，卒赠太尉。《明皇杂录》
　卷上载，开元中房琯宰卢氏县，邢真人和璞带其至
　夏谷村佛堂，掘地得一瓶，瓶中皆是娄师德与永公
　书，房琯遂洒然方记其为僧时，永公即房之前身。
②王：王维，肃宗时官尚书右丞。王维擅诗，亦能画。
③定：禅定。

山中五绝句（选二）

开成五年（840）游嵩阳作。诗人因山中所见，
各有所感，托物为喻，共五首，这里选录其中的二
首。此诗前人谓指甘露之变，表达了诗人对险恶政
局的恐惧和厌恶。

涧中鱼

海水桑田欲变时[①]，风涛翻覆沸天池。
鲸吞蛟斗波成血，深涧游鱼乐不知。

①海水桑田：见《浪淘沙词六首》注④。

洞中蝙蝠

　　此诗借蝙蝠为喻，说明士大夫在险恶政局下全
身远害乃是不得已之举。

千年鼠化白蝙蝠，黑洞深藏避网罗。
远害全身诚得计，一生幽暗又何如？

听歌六绝句（选二）

　　开成至武宗会昌年间作。这组诗记录了当时流
传的一些动人歌曲。共六首，选录二首。

想夫怜[①]

玉管朱弦莫急催，容听歌送十分杯[②]。
长爱夫怜第二句，请君重唱夕阳开[③]。

①想夫怜：又名《相府莲》。相传起于南朝齐相王俭。
②十分杯：满杯。
③夕阳开：原注："王维右丞词云：'秦川一半夕阳
　　开。'此句尤佳。"王维诗原题为《和太常韦主簿
　　温阳寓目》，此是歌者采诗人之作入歌。

何满子

世传满子是人名，临就刑时曲始成①。
一曲四词歌八叠②，从头便是断肠声。

①满子：原注："开元中，沧州有歌者何满子，临刑
　　进此曲以赎死，上竟不免。"《乐府诗集》卷八十
　　引白诗此注。
②四词：四句词。叠：音乐术语，指乐曲的重复部分。

池上寓兴二绝

　　武宗会昌元年（841）在洛阳作。诗从《庄子》寓
言中翻出新解，显示了诗人的机智和对物情的体察。

濠梁庄惠谩相争①，未必人情知物情。
獭捕鱼来鱼跃出，此非鱼乐是鱼惊。

水浅鱼稀白鹭饥，劳心瞪目待鱼时[2]。
外容闲暇中心苦，似是而非谁得知？

①庄惠：《庄子·秋水》："庄子与惠子游于濠梁之上，
庄子曰：'儵鱼出游从容，是鱼之乐也。'惠子曰：
'子非鱼，安知鱼之乐？'庄子曰：'子非我，安
知我不知鱼之乐？'"

②瞪（dèng）目：睁大眼睛。

哭刘尚书梦得（选一）

会昌二年（842）在洛阳作，共二首，这里选
录了其中的一首。诗中表达了作者对晚年最后一位
挚友的深切哀悼。刘尚书梦得，即刘禹锡，卒于会
昌二年七月。

其一

四海齐名白与刘，百年交分两绸缪[1]。
同贫同病退朝日，一死一生临老头。
杯酒英雄君与操[2]，曹公曰："天下英雄唯使
君与操耳。"

文章微婉我知丘③。仲尼云："后世知丘者
《春秋》。"又云："《春秋》之旨微而婉也。"
贤豪虽没精灵在，应共微之地下游④。

①绸缪（chóu móu）：犹缠绵，指情意深厚。
②杯酒英雄：用刘备、曹操事。《三国志·蜀书·先
　主传》："是时曹公从容谓先主（刘备）曰：'今天
　下英雄，唯使君与操耳。本初之徒，不足数也。'
　先主方食，失匕箸。"
③文章微婉：《左传·成公十四年》："《春秋》之称，
　微而显，志而晦，婉而成章，尽而不污，惩恶而
　劝善。"知丘：《孟子·滕文公下》："孔子曰：知
　我者其唯《春秋》乎，罪我者其唯《春秋》乎？"
　丘，孔丘，孔子。
④微之：元稹，卒于大和五年（831），元与刘亦为
　至交。

达哉乐天行

　　会昌二年（842）在洛阳作。此诗以嘲谑的笔调
描写自己致仕后的生活，表现对人生世事的旷达态度。

达哉达哉白乐天，分司东都十三年①。
七旬才满冠已挂②，半禄未及车先悬③。

或伴游客春行乐，或随山僧夜坐禅。
二年忘却问家事，门庭多草厨少烟。
庖童朝告盐米尽，侍婢暮诉夜裳穿。
妻孥不悦甥侄闷，而我醉卧方陶然。
起来与尔画生计，薄产处置有后先。
先卖南坊十亩园，次卖东郭五顷田。
然后兼卖所居宅，仿佛获缗二三千④。
半与你充衣食费，半与吾供酒肉钱。
吾今已年七十一，眼昏须白头风眩。
但恐此钱用不尽，即先朝露归夜泉⑤。
未归且住亦不恶，饥餐乐饮安稳眠。
死生无可无不可⑥，达哉达哉白乐天。

①分司：唐朝在东都洛阳设置一套办事机构，称分司。白居易于大和三年（829）以太子宾客分司东都。

②七旬：七十岁。挂冠：辞官不作。见《吾庐》注①。

③半禄：半俸。唐朝致仕官给半俸。白居易于会昌二年以刑部尚书致仕，给半俸。车先悬：悬车，致仕。《后汉书·陈寔传》："累见征命，遂不起，闭门悬车，栖迟养老。"

④缗（mín）：千钱为一缗。

⑤先朝露：指死。朝露喻人生短促。《汉书·苏武传》："人生如朝露，何久自苦如此。"夜泉：地下，冥间。

⑥无可无不可：《论语·微子》："虞仲、夷逸，隐居放
言，身中清，废中权。我则异于是，无可无不可。"

自问此心呈诸老伴

　　会昌六年（846）在洛阳作。此诗表现了作者
晚年但求自保、无愧于心的思想。

朝问此心何所思，暮问此心何所为。
不入公门慵敛手，不看人面免低眉。
居士室间眠得所①，少年场上饮非宜。
闲谈娓娓留诸老②，美酝徐徐进一卮③。
心未曾求过分事，身常少有不安时。
此心除自谋身外，更问其馀尽不知。

①居士：佛教称在家修行者为居士。白居易晚年从
　如满禅师问道，自号香山居士。
②诸老：会昌五年（845）白居易年七十四，在洛
　阳曾与胡杲年八十九、吉皎年八十六、郑据年
　八十四、刘真年八十二、卢贞年八十二、张浑年
　七十四等七人，共为七老会。
③卮（zhī）：盛酒器。